나를 조금 바꾼다

■ 이 도서의 국립중앙도서관 출판시도서목록(CIP)은
서지정보유통지원시스템 홈페이지(http://seoji.nl.go.kr)와
국가자료공동목록시스템(http://www.nl.go.kr/kolisnet)에서 이용하실 수 있습니다.
(CIP제어번호: CIP2018042628)

나를 조금 바꾼다

나카가와 히데코

삶을 가꾸는
히데코의
소중한 레시피

마음산책

나를 조금 바꾼다

1판 1쇄 발행 2019년 1월 10일
1판 4쇄 발행 2020년 2월 15일

지은이 | 나카가와 히데코
펴낸이 | 정은숙
펴낸곳 | 마음산책

편집 | 최해경·권한라·김수경·이복규   디자인 | 최정윤·오세라
마케팅 | 권혁준·김종민   경영지원 | 박지혜

등록 | 2000년 7월 28일(제13-653호)
주소 | (우 04043) 서울시 마포구 잔다리로 3안길 20
전화 | 대표 362-1452 편집 362-1451   팩스 | 362-1455
홈페이지 | http://www.maumsan.com
블로그 | maumsanchaek.blog.me
트위터 | http://twitter.com/maumsanchaek
페이스북 | http://www.facebook.com/maumsan
전자우편 | maum@maumsan.com

ISBN 978-89-6090-561-0 03810

나답게 산다는 건 끊임없는 싸움이고 훈련이에요,
그래서 쉽게 얻을 수 없지만 귀한 것이고요.

지금은 무엇을 해야 하고,
무엇을 버려야 할지를 걸러내는 안목이 생겼다.
'잘 포기하는 힘'을 기르게 되어
몸도 마음도 편하다.

꾸준히 나를 둘러싼 것들을 단순화하다 보면
생활이 굉장히 심플해진다.
불필요한 것들에 집착하기 때문에
삶이 복잡하고 고달파지는 것이다.

생활이란,
무엇을 비워야 재미날까
궁리하는 즐거움

 한국 생활이 몇 년째인지 손가락으로 셀 수 없을 만큼 오랜 시간이 흘렀다. 2019년이면 한국 생활 25년째에 접어들고, 한국 국적으로 귀화한 지도 어느새 20년이 지났다. 귀화하고 나서도 '나는 한국인이다'라는 의식이 희박해서 공항 출입국 때나 되어야 '아, 나 한국인이었지'라며 현실을 인식했고, 은행이나 병원에서 "다음 중천수자 님, 이쪽으로 들어오세요"라고 하면 이름 탓인지 너무 창피했다. 하지만 최근에는 병원에서 그렇게 불려도 아무렇지 않고, 허물없이 지내는 친구들과 술잔을 나눌 때 튀어나오는 '수자 언니'라는 별칭도 마음에 든다.
 연희동으로 이사 와서 요리 교실을 열게 된 것도 벌써 10년째다. 언젠가부터 나이를 생각하지 않던 나도 어느덧 50대에 들어섰다. 요즘에는 한국 생활 25년을 맞아 앞으로 10년, 20년을 어떻게 살아갈 것인지 진지하게 고민하고 있다. 진지하게라고는 해도 내 성격상 밥이 안 넘어갈 정도로 끙끙대며 심각하게 고민하는 것은 아니지만. 아이들도 어느 정도 다 키웠고, 남편과 나 둘이 생활하면서 내가 하고 싶은 것과 해야 할 것 사이에서 시행착오를 겪는 중이다.

이 책을 만드는 동안 앞으로의 인생에 대해 여러 생각을 하게 됐다. 지금까지 살아온 삶에 대한 반성의 시간이기도 했고, 미래로 향하는 문을 열기 위한 준비 단계이기도 했다. 어린 시절 나는 부모님 말씀을 고분고분 따르는 척하다가 결과적으로는 내가 하고 싶은 대로 밀어붙이고는 했다. 그러다 부모님께 혼이 나면 반성하면서도 금세 잊어버리고 마는 불효녀였다.

아니, 사실 지금도 그렇다. 이제 여든을 넘긴 부모님은 허리며 다리며 안 아픈 데가 없지만, 그래도 여전히 정정하시다. 1년에 몇 번 친정에 가면 처음 며칠간은 고분고분한 딸 흉내를 내는데, 엄마의 변함없는 잔소리가 시작되면 쉰 살 먹은 딸은 남들보다 몇 배는 지기 싫어하는 성격의 열여덟 살 소녀로 돌아간다. 시부모님에게도 마찬가지다. 결혼하고 얼마 안 됐을 때도 나는 시어머니 말씀에 "네? 왜요?"를 입에 달고 사는 며느리였다. 시어머니는 "한 번이라도 좋으니까 '네, 어머님'이라고 해보렴"이라는 말로 혼내셨으나, 지금도 "왜요?"가 먼저 튀어나오고 마는 불효 며느리다.

불효녀이자 불효 며느리인 내가 요즘에는 입대한 첫째와 대학에 진학한 둘째를 핑계로 남편의 아침상을 전혀 차려주지 않는다. 소크라테스의 아내까지는 아니어도 악처로 변해가는 게 아닌가 반성도 잠시, 오늘도 아침을 차려주지 않았다. 예전보다 청소 횟수는 줄어들었고 외식 횟수는 늘어났는데, 그런 내가 이상적인 라이프스타일에 대한 책을 써도 되는 건지 걱정이 앞섰다.

다만 청소 횟수가 줄어든 데는 나름대로 이유가 있다. 매일 조금씩 눈에 띄는 곳을 털고 닦기 때문에 먼지가 쌓일 틈이 없다. 특별할 것 없지만 오랜 시간에 걸쳐 몸에 밴 습관이자 마음가짐으로, 이렇게 하면 먼지뿐만 아니라 물건도 쌓이지 않는다. 나아가 배 속에도 필요 이상으로 음식을 집어넣지 않고, 마음속에도 괜한 근심을 쌓아두지 않게 된다. 요리, 청소, 정리정돈, 수납이라는 생활 전반의 흐름은 결국 '욕심부리지 않고 나를 비우면서 재미나게 살아가려는 마음가짐'에서 시작되는 것 아닐까. 그러니까 아주 사소한 것조차 스스로 조금씩 바꾸려고 하는 것, 거기에서 재미를 찾는 것이 전부일지도 모른다.

마음산책 정은숙 대표님의 "같이 책 내보지 않으실래요?"라는 애정 어린 권유로 첫 책 『셰프의 딸』이 나온 지 7년이 됐다. 『나를 조금 바꾼다』는 마음산책에서 출간하는 세 번째 책이다. 인생의 변곡점마다 책을 한 권씩 낼 수 있다는 건 기적과 같은 행운이다. 이 행운을 소중히 여겨 어떤 형태로든 내게 보내준 따뜻한 마음에 보답하고 싶다. 이런 마음가짐이 앞으로의 내 삶에 그대로 이어질 것 같은 긴장감에 등줄기가 빳빳하게 선다.

몇 년 전, 잡지 촬영으로 만나 함께 작업했던 강진주 사진작가에게 감사한다. 내심 언젠가 책도 같이 작업하길 바랐는데, 흔쾌히 수락해 주어서 좋은 사진을 담을 수 있게 됐다. 요리 잡지 에디터 경험을 살려 사진 촬영의 스타일링을 도맡아 준 강윤희 씨, 내 서투른 한국어 표현을 완벽히 정리해 준 김수경 씨에게도 고마움을 전한다. 마지막으로 내 고집스러운 요구를 묵묵히 들어주며 책을 완성한 마음산책 모든 식구의 노고에 감사드린다.

2018년 12월, 가랑눈이 흩날리는 연희동 집에서

나카가와 히데코

차 례

나에게 정말 필요한 게 무엇이고,
내가 뭘 하고 싶은지 오래 고민해서 잘 판단하는 게 중요하다.
당장에 실천하기는 힘들지라도 이런 습관을 들이려는 시도가
심플하게 살아가기 위한 첫걸음이 아닐까.

삶의 균형을 맞추는 관계 돌보기

자기 마음을 빈틈없이 들여다보고 행동할 용기를 북돋아 주는 것이
내가 나와 잘 지내는 비법 아닐까.

내가 나와 사이좋게 지내려면

일본의 동화 작가 사노 요코도 말한 것처럼, 살면서 나 자신과 사이좋게 지내는 일은 무척 어렵다. 그러니 적어도 나와의 관계가 좋다면 그건 그대로 괜찮은 삶이 아닐까. 내가 나와의 관계에서 가장 신경 쓰는 부분은 내 마음을 읽는 일이다. 마음이 가는 사람, 갖고 싶은 것, 좋아하는 일을 놓치지 않으려고 최선을 다해왔다.

지금도 잊지 못하는 에피소드가 있는데, 일본에 살던 1980년대 초의 일이다. 중학생이던 나는 하굣길에 동네 자전거 가게에서 바구니가 달린 빨간 자전거를 발견했다. 첫눈에 반해 한달음에 집으로 달려가서 부모님께 사달라고 졸랐지만, 이미 자전거가 있는 데다 한두 푼 하는 것도 아니니 사주실 리 만무했다. 어린 나는 다시 자전거 가게로 돌아가서 주인아저씨에게 태연한 얼굴로 "아빠가 돈 내실 거예요"라고 말한 뒤, 자전거를 끌고 집으로 돌아갔다. 부모님도 황당하셨는지 크게 혼난 기억은 없다.

돌이켜보면 나는 정말이지 하고 싶은 대로 하면서 살아왔다. 부모님이 원체 자식에게 이래라저래라 하지 않은 것도 있지만, 설사 간섭이 심했더라도 분명 한 귀로 듣고 한 귀로 흘렸을 것이다. 동독 유학이 그랬다. 1988년 분단 상태의 동독에 딸 혼자 보내기가 찜찜했던 부모님은 당연히 유학을 반대했다. 하지만 이미 마음속으로 유학을 결정한 상태였던 나는, 열심히 돈을 모아 초기 생활비를 마련했다. 동독에서도 부모님의 도움을 받지 않고 아르바이트를 하면서 생활했다. 힘들어서 포기하고 돌아오면 모든 게 끝이라는 생각으로 더 악착같이 굴었다.

요리도 마찬가지다. 아버지를 따라 요리사가 되길 바라던 부모님에게 요리가 싫다고, 그래서 안 할 거라며 언어학과 국제관계론을 공부하다 결국 제멋대로 요리의 길로 들어섰다. 재고 따질 여유 없이 운명이 그렇게 정해져 있던 것처럼 자연스레 움직였다. 그 덕에 한국에서 남편을 만나 정착하고, 요리 교실을 열고, 이렇게 책도 쓰고 있다.

누구든 그랬으면 좋겠다. 원하는 것에 솔직하고, 갖고 싶은 것은 가지려고 애쓰면 좋겠다. 지나치게 타인의 눈을 걱정하느라 놓쳐서 후회하는 일 없이, 내 마음이 가는 대로 내 몸이 움직이는 대로. 그렇게 자기 마음을 빈틈없이 들여다보고 행동하도록 용기를 북돋아 주는 것이 내가 나와 잘 지내는 비법 아닐까.

직업으로서의 부모

딸로서, 아내로서, 엄마로서의 역할이 다르다고 해도 나라는 사람의 성격이나 행동이 바뀌지는 않는다. 다만 엄마로서의 나에게는 아이들을 제대로 가르치고 바르게 키워야 할 책임과 의무가 있다. 자식을 사랑하는 것과는 별개로 아이들이 성장해 자립할 때까지 부모가 져야 할 책임과 의무, 그것도 직업적인 책임과 의무를 크게 느꼈다.

그런 부담과 욕심을 잘 제어하지 못한 탓에 첫째 정훈이에게는 너무도 어설프고 부족한 엄마였다. 음악가로 자라주길 바라는 마음에 어릴 때부터 엄하게 키웠다. 오죽하면 남편도 계모냐고 할 정도로 냉정하게 훈육했다. 아무리 바이올린 연습을 시켜도 크게 내색하지 않던 아이라 아무 문제없다고 생각했던 게 오산이었다. 정훈이는 사춘기가 되자 꽁꽁 억눌렀던 감정들을 한순간에 터뜨렸다.

공부는 둘째 치고, 안 좋은 일로 법원까지 다녀온 친구를 사귀면서 정훈이의 반항이 시작됐다. 모범생으로 살아오다 그런 친구를 만나니 일종의 스릴과 쾌감을 느꼈던 모양이다. 한번은 말다툼을 하다 나무 의자를 던져 부순 적도 있다. 말로 불만을 표출하는 게 익숙지 않던 아이라 과격한 행동으로 나타난 것이다. 그런 일촉즉발의 대치 상황이 입시 전까지 이어졌다.

둘째 지훈이는 형과 엄마의 불꽃 튀는 전쟁을 익히 봐온 데다 눈치도 빨라, 본인 선에서 갈등 상황을 만들지 않으려고 했다. 그걸 보면서 더욱 정훈이를 너무 엄격하게 키운 것 아닐까, 그렇게 하지 말았어야 하나 후회했다. 엄마인 나에게는 아이를 키우면서 겪는 하나의 시행착오일 수 있지만, 아이에게는 인생을 좌우할 중요한 사건이 될 수도 있으니 말이다.

부모의 역할은 아이들이 자라면서 좋아하는 것과 가고 싶은 길을 스스로 깨우치도록 지원하고, 행여나 길을 잘못 들지 않도록 늘 지켜봐 주는 것이다. 자식에게 내 욕망을 투영해서 모든 걸 쏟아부으면 관계는 어그러진다. 그리고 성인이 되면 자기 밥 그릇은 자기가 챙길 수 있도록 완전하게 품에서 떠나보내야 한다. 자식 둘이 다 자라 슬슬 자립할 시기가 되니 제멋대로였던 나 때문에 부모님이 얼마나 애간장을 태우셨을지 이제 좀 알 것 같다.

엄마가 되어 배운 것

스물두 살에 일본을 떠나 여러 나라를 돌아다니다 한국 남자와 결혼해서 한국에 산 지도 어느새 햇수로 25년째다. 말로는 제2의 고향이라고 해도 살아온 기간으로 따지면 태어난 일본보다 오래 산 곳이 한국이다. 귀화까지 했기에 이제 한국이 외국이라는 느낌도, 내가 외국인이라는 이질감도 없다. 가끔 불리할 때면 "나는 일본 사람이에요"라고 핑계를 대지만, 사실 외국인이라 겪는 정서적 혼란은 거의 마비되었다고 해도 무방하다.

국제결혼이나 오랜 타국살이가 생활의 변화를 가져오긴 했지만, 성격이나 가치관은 결혼을 하고 아이를 낳아 또 다른 가족이 생기면서 크게 달라졌다. 특히 아이를 별로 좋아하지 않던 내가 두 아이의 엄마가 되어 가장 크게 변한 것은 포기하는 게 늘었다는 점이다. 돈이나 물건 같은 물리적인 것뿐만 아니라, 생각이나 시간도 늘 머릿속으로 분류하면서 버리고 덜어내는 데 집중하게 됐다.

나는 천성이 욕심 많고 호기심 강한 사람이라 하고 싶은 건
다 해봐야 직성이 풀린다. 어릴 적엔 그 욕심을 주체하지 못해
서 하나도 놓치지 않으려고, 하고 싶은 걸 바득바득 전부 해내
는 나를 보며 부모님조차 혀를 내둘렀다. 아이를 낳고 가장 힘
들었던 것도 육아 스트레스보다 내 시간을 스스로 통제할 수
없다는 사실이었다. 적어도 친정엄마가 같은 나라에 살았다면
심적으로나마 기댈 존재가 있어 덜 힘들었을지도 모르지만, 그
때는 내 삶을 돌볼 시간에 제약이 생겼다는 사실이 무척 불만
스러웠다.

하지만 되돌릴 수 없다면 최대한 빨리 현실에 적응하는 것이
답이다. 아이가 없었다면 의욕적으로 더 많은 일에 도전할 수
있었겠지만, 시간이 지나면서 오히려 아이들 덕을 보고 있음을
절실히 느꼈다. 무턱대고 덤벼들던 예전보다 신중하게 고민해서
더 나은 하나의 선택을 하는 방법을 배운 것이다. 그러다 보니
지금은 무엇을 해야 하고, 무엇을 버려야 할지를 걸러내는 안목
이 생겼다. 가족 덕분에 '잘 포기하는 힘'을 기르게 되어 몸도
마음도 편하다.

우리 왜 싸웠지?

아무리 평소에 사이가 좋아도 함께 있는 시간이 길어지면 뜻하지 않게 서로의 마음을 상하게 할 때가 있다. 남편과 나는 취향은 비슷하지만, 성향은 180도 다르다. 다 큰 성인일지라도 싸움은 사소한 것에서 비롯된다. 예를 들면, 남편은 프라이드가 강한 사람이라 다른 사람들과 함께 있는 자리에서 본인이 우스워지는 걸 못 참는다. 종종 모임에서 내가 자신에게 했던 언동을 예민하게 받아들여 집에 돌아가 그 상황에 대해 화를 낼 때가 있다.

처음에는 아무리 직설적인 나라도 한국어 표현이 서툴러서 돌려 말할 때가 많았는데, 말이 유창해져 스트레이트로 지적하다 보니 아무래도 신경을 긁거나 화나게 만드는 경우가 생기는 것 같다. 꼭 남편뿐만이 아니라 다른 사람과도 되도록 오해가 생기지 않게 조심하는데, 이야기를 하다 보면 가끔 상대방이 화를 내고 있을 때가 있다. 내가 옳다고 생각하는 걸 여과 없이 말하는 스타일이라 오해를 사는 일도 적지 않지만, 틀린 말을 하지는 않는다.

남편과는 그런 일로 1년에 몇 번인가 다투는데, 사실 나는 싸우다가도 어느 순간 왜 싸우고 있는지 싹 잊어버린다. 그러면 별말 없이 언쟁에서 쓱 빠진다. 네가 맞네, 내가 맞네 하면서 계속 팽팽하게 부딪치면 싸움이 더 커지니까 빠지는 것이다. 그걸 남편도 안다. 지금이 멈춰야 할 타이밍이라는 걸.

그렇게 싸움이 중단되고 시간이 조금 지나면 누가 먼저랄 것 없이 화해의 손길을 내민다. 둘 다 술을 좋아해서 와인이나 위스키를 마시며 기분을 푼다. 시간과 기력이 있을 때는 집에서 스테이크를 굽거나 간단하게 안주를 준비해서 마시기도 하고, 체력이 바닥났을 때는 분위기 좋은 단골 술집에 가서 마시기도 한다.

술에 취하고 분위기에 취해 어느새 아무 일 없던 것처럼 평상시의 우리가 되어 적당히 좋은 기분으로 발걸음을 맞춰 집으로 돌아간다. 도란도란 이야기를 나누면서 걷다 보면 둘 중 누군가의 입에서 꼭 이 말이 나온다.

"그런데 우리 아까 왜 싸웠지?"

여보라는 말이 안 나와

가족 사이에도 의식적인 거리 두기 연습이 필요하다. 내 자식이고, 내 남편이고, 내 아내니까 모든 사생활을 공유해야 하고, 어떤 벽도 있어서는 안 된다는 생각을 버렸으면 좋겠다. 그게 지나치다 보니 늘 나보다 가족을 향해 안테나를 세우고, 시야에서 벗어나면 초조함을 느끼게 되는 것이다.

그런 점에서 우리 가족의 관계는 아주 담백하고 시크한 편이다. 일단 나부터 성격상 '우리 아들, 우리 남편' 같은 걸 못 한다. 또 웃음이 나서 입 밖에 못 꺼내는 단어가 '여보'라는 말이다. 그래서 남편과 나는 밖에서도 여보나 자기 대신 상대방의 이름을 부른다. 여전히 서로에게 존댓말을 사용해서 다른 사람들이 놀라기도 한다.

그런데 존댓말을 습관화하면 저절로 상대방을 존중하게 되고, 두 번 싸울 걸 한 번 싸우게 되기도 한다. 아이들에게도 평소에는 편하게 말하지만, 존댓말을 사용할 때도 있다. 그럼 부모

자식 사이가 부모가 일방적으로 아이를 훈육하는 관계가 아니라 인간 대 인간으로 커뮤니케이션을 나누는 관계임을 인식하게 된다.

중요한 것은 가족이라는 공동체 안에서 각 구성원이 자기 역할에 충실해야 한다는 사실이다. 가령 우리 집은 아빠가 가장으로서 아이들에게 학비를 대주고, 아이들은 부모와 약속한 것들을 어기지만 않는다면 다른 건 크게 문제 삼지 않는다. 각자가 지켜야 할 선을 정해 놓으면 개인의 삶이 훨씬 단순하고 편해진다.

연로한 한국 어머니 중에는 다 큰 아들이 결혼을 하고 쉰을 넘겨도 물가에 내놓은 아이 취급하는 분들이 많다. 물론 핏줄 중심의 문화가 오래도록 이어진 탓도 있지만, 나에게는 여전히 낯설고 받아들이기 힘든 정서다. 우리 시어머니도 보통의 한국 어머니와 같아서 하필이면 이런 며느리를 맞아 많이 속상하셨을 테다.

처음에는 성향이 너무 달라 사사건건 부딪쳤는데, 보내온 세월이 길어지다 보니 이제는 서로의 입장 차이를 어느 정도 받아들이게 되었다. 남편도 어머니와 나 사이에 평화수호자로서의 맡은 바 임무를 잘 수행하고 있어 지금 우리 가족은 그 어느 때보다 평화롭다.

민들레 꽃씨처럼

　사람들을 만나는 건 좋아하면서도 의무적인 만남을 전제로
한 모임은 별로 좋아하지 않는다. 계 모임 같은 것도 몇 번 권유
받았지만 내키지 않아 피해왔다. 회장이니 총무니 회비니 하는
형식에 얽매이는 게 싫어서 그렇다. 역시 나는 의무감보다는 만
나면 절로 즐거워지는 사람들과 함께하는 게 좋다.

　요즘 참여하는 정기적인 모임은 크게 두 가지다. 하나는 요
리 교실 수강생 가운데 요리를 전문으로 하는 5~6명과 요리 실
험을 하는 연구반 모임이고, 다른 하나는 맛있는 음식을 먹으
러 다니며 편하게 이야기 나누는 큰아이의 초등학생 시절 친구
엄마들 모임이다. 이 외에는 언제든 좋은 시간에 좋은 사람들과
자유롭게 만났다 헤어진다.

　결혼한 지 얼마 안 된 1998년경에는 한국 남자와 결혼한 일
본 여자들끼리 모임을 만들었다. 여러 모임이 있었는데, 내가 창
립 멤버로 함께한 모임의 이름은 '탄포포 회'였다. 탄포포가 일

본어로 민들레인데, 바람에 이리저리 흩날려도 어디서든 뿌리를 내려 잘 자라는 민들레 꽃씨의 강한 생명력에 빗대어 지은 이름이다.

아직 어리기도 했고, 갈 곳도 딱히 없었는데 생각보다 나와 비슷한 처지의 사람이 많았다. 처음에는 5명으로 시작해서 점차 대외 활동을 늘려 세를 키웠고, 모임 구성원이 50명을 넘어서기에 이르렀다. 사람이 적을 때는 한 달에 한 번 카페에서 만나는 가벼운 모임이었는데, 워낙 인원이 많아지다 보니 여름에는 장소를 빌려야 하는 큰 행사로 번졌다.

다들 국적이 다른 남편과 생활하면서 크고 작은 충돌로 인한 스트레스와 한국 사회에서 이방인으로 살아가는 것에 대한 괴로움이 컸다. 같은 상황에 놓인 사람들이 모여 편한 일본어로 허심탄회하게 대화를 나누면서 심적 위로를 많이 받았다. 모임의 규모가 커지면서부터는 자연스레 빠지게 되었지만, 힘들었던 시절 큰 활력소가 되어준 곳이다.

인생 어느 시기마다 나를 지탱했던 만남들이 있었다. 그 만남의 힘으로 지금 여기의 내가 뿌리를 내려 살아가는 것이리라.

안 진지한 요리 선생

　좋아하는 사람들을 집에 초대해서 맛있는 음식을 먹으며 이야기꽃을 피우는 것은 일상의 큰 즐거움이다. 요즘은 빈번하진 않지만 3월 중순을 지나 날이 따뜻해지고 여기저기서 초록빛이 고개를 들 무렵이면 파티 하자는 말이 나온다. 특히 남편과 나는 감사의 마음을 전하고 싶은 분들이 생기면 파티를 계획한다. 서로 안면이 없는 사이여도 같이 모이면 재밌을 것 같은 사람들을 불러 파티를 한다.

　나는 처음 만나는 사람도 어떤 음식을 좋아할지 잘 맞히는 편이라 음식에 대해서는 크게 걱정하지 않는다. 파티를 할 때 음식보다 중요한 건 모이는 사람들의 조합이다. 한국에서는 정치적 성향이 싸움의 발단이 될 수도 있어서 인원을 짤 때 조심해야 한다. 워낙 파티를 많이 했던 터라 실제로도 그런 경우가 몇 번 있어서 조합에 각별히 신경 쓰고 있다.

　또 사람들의 관심사나 사회적 위치, 현재 놓인 상황들도 세심하게 파악해야 한다. 때로는 의도적으로 전혀 접점이 없더라도 서로 알고 지내면 좋을 것 같은 사람들을 불러 인연을 맺게 해 준다. 파티에 초대할 사람들을 매칭하고 리스트업하는 일은 고민스럽지만 즐겁다. 남이 억지로 시키면 못할 텐데 생각만 해도 재밌으니 자꾸 사람들을 부르게 된다.

가끔 연말에는 동네 젊은 친구들과 색다른 파티를 열기도 하는데, 재작년에는 '디스코리스마스'라는 이름으로 다들 개성 넘치는 복장을 하고 모여 놀았다. 나 또한 파격적인 무지개색 옷을 입고 참여했다. 다들 나를 진지한 요리 선생으로 알고 있지만, 사실 이렇게 와자지껄 노는 걸 무척 좋아한다.

우리 부부에게 파티는 기념일을 기리기 위한 특별한 행사가 아니라 즐거움과 활력이 필요할 때 즉흥적으로 하는 기분전환 같은 것이다. 제철에 나오는 양질의 재료를 잔뜩 사 맛있는 요리를 만들고, 파티의 분위기를 더할 술을 꺼내 신세 졌던 분들과 고마운 사람들을 요리조리 조합해 노는 것만큼 가슴 뛰고 신나는 일은 없지 않을까.

웃으면서 할 말 다 하는 사람

일본 사람이라고 하면 타인에게 친절하고 말도 돌려 한다는 이미지가 강하다. 그런데 내가 봤을 때는 한국 사람보다 일본 사람이 더 직설적이다. 내 주변 일본 친구들은 자기 생각을 말하는 데 거침이 없고, 애매한 표현은 잘 쓰지 않는다. 오히려 한국 친구들과 이야기할 때 빙빙 돌려 말하거나 아예 말을 안 해서 오해가 생기곤 한다.

이런 차이는 사람에 따라, 어떤 관계인가에 따라 달라질 수 있기 때문에 일본 사람은 어떻고 한국 사람은 어떻다고 구분 짓는 일은 사실 무의미하다. 나는 어렸을 때부터 당돌하고 직설적인 아이였다. 중학교 때는 아무리 무서운 선생님이어도 잘못됐다고 생각하면 나서서 지적했다. 그 덕에 학창시절에는 꽤 많이 맞기도 하고 손해 보는 일도 많았다. 하지만 지금까지도 어디에 있든 언어만 바뀔 뿐이지 그 성격과 말투를 못 버린 채 살고 있다.

나는 그야말로 '웃으면서 할 말 다 하는 사람'이라 어떤 이는

속 시원하다 느끼고, 또 어떤 이는 상처를 받기도 할 것이다. 신경 써서 조심하려고 노력하긴 하는데, 순간적으로 말이 튀어나오는 데는 어쩔 도리가 없다. 다만 나는 내가 옳다고 생각하는 것에 관해서만 가감 없이 말할 따름이다. 거짓말을 직설적으로 하지는 않으니까.

누구든 자기 견해를 스트레이트로 말해주는 사람이 좋다. 간혹 상대방에 대한 배려라고 생각해서 말을 장황하게 늘어놓는 사람들이 있는데, 그럴 때는 백이면 백 무슨 말을 한 건지 다시 묻게 된다. 또 내가 싫어하는 말 중 하나가 "많은 사람 의견에 따르겠습니다"라는 말이다. 요리 교실을 하다 보면 수업 일정을 변경해야 할 때가 있는데, 그때 제일 많이 나오는 대답이다. 언제가 좋고 언제는 안 된다고 확실하게 답을 주면 일정을 조정하기도 한결 수월하다.

그런 식으로 자기 의견을 확실하게 말하지 않는 사람이 꽤 많다. 상대방에 대한 배려 차원에서 그럴 수도 있지만, 자신이 뭘 원하는지 적극적으로 의사 표현을 하지 않으면 서로가 불편해진다. 되도록 정확하고 간결한 표현으로 자기 생각을 말하는 연습을 하다 보면 상대의 기분을 해치지 않는 직설적인 화법도 그리 어려운 것만은 아니다.

아닐 땐 단호하게

사람과 사람 관계에서는 국적에 상관없이 상식이라는 것이 존재한다. 한국이든 일본이든 독일이든 스페인이든 문화적 차이는 조금씩 있겠지만, 학교를 졸업하고 사회생활을 하면서 공유되는 상식은 비슷하다. 요리 교실을 하다 보면 종종 내게 서운함을 토로하는 수강생들이 있다. 한번은 수업에 나오지 못한 수강생에게 먼저 연락을 못 했는데, 그에게서 자신은 유령 같은 존재냐며 서운하다는 문자를 받은 적이 있다.

내가 말하는 상식은 이런 것이다. 요리 교실은 나 한 사람과 수강생 여러 명이 관계를 맺고 있어, 되도록 많은 분에게 관심의 눈길을 드리고 싶어도 어쩔 수 없이 빈틈이 생긴다. 가르치는 입장에 있는 사람이라면 모든 수강생을 챙길 수 없다는 걸 알 것이다. 속상함을 느끼는 건 충분히 이해하지만, 선을 넘어 책망하는 분들과는 나로서도 계속 관계를 유지하기가 어렵다.

어떤 관계든 오해나 갈등으로 사이가 삐걱거릴 때가 있다. 그런 일이 자주 생기지는 않는데, 은근히 감정 소모가 심하기 때문에 나는 내 상식으로 이해할 수 있는 선까지만 관계 개선의 여지를 둔다. 그 틀을 벗어나는 행동을 하는 사람이 있으면 단호하게 관계를 정리한다. 나의 모든 에너지를 다수의 타인에게만 쏟기에는 인생이 몹시 짧다.

시간이나 물건을 정리하는 것처럼 불필요한 인간관계를 정리하는 것도 진정한 의미의 미니멀리즘이 아닐까. 나는 어긋난 관계뿐만 아니라 2~3년 동안 연락을 주고받지 않은 사람은 연락처에서 바로바로 지운다. 아무래도 수강생들이 꾸준히 늘어나서 연락처가 포화 상태인 데다 이름이 같은 사람도 적지 않기 때문이다. 행여나 오랜만에 나에게 연락했는데, 이런 답이 돌아와도 너무 서운해하지 않았으면 좋겠다.

"실례지만 누구시죠?"

너랑 나랑은

사람을 만날 때 중요하게 보는 것 중 하나가 바로 궁합이다. 혼인할 남녀의 궁합만 궁합이 아니다. 나는 사람을 크게 양지와 음지로 구분하는데, 예로부터 전해오는 태양인이니 소음인이니 하는 양기나 음기의 개념과는 다르다. 양지의 사람은 말이나 행동을 발산하는 데 능하고, 음지의 사람은 차분하게 관망하는 것을 좋아한다. 단순히 성격이 밝거나 어둡다는 정의와도 조금 다르다.

나는 두말할 것 없이 양지의 사람이라 음지의 사람과는 잘 맞지 않는다. 여기서 오해하지 말아야 할 것이 음지의 사람이 부정적이라거나 나쁘다는 의미가 아니라는 사실이다. 굳이 양지와 음지를 나누는 것도 그저 비슷한 기운의 사람끼리 모여야 무얼 하든 잘 맞고 즐겁기 때문이다. 양지의 사람이 모인 곳에 음지의 사람이 끼거나, 반대로 음지의 사람이 모인 곳에 양지의 사람이 들어가면 십중팔구 소외감을 느낀다.

구르메 레브쿠헨은 한 반에 약 10명 정도의 수강생이 함께하는데, 양지와 음지의 사람이 반반씩 나뉘거나 아예 한쪽으로 쏠릴 때 분위기가 훨씬 좋다. 비율이 어긋나면 수업의 공기도 질도 현저히 달라지는 느낌을 받기 때문에 첫 수업을 하는 날이면 내심 비슷한 기운의 사람들이 모이길 바란다.

그렇다고 사람을 첫인상으로 판단하지는 않는다. 첫 만남에서 누가 봐도 비상식적이거나 경우에 어긋나는 행동을 하는 사람은 대개 그 인상이 끝까지 가는데, 그렇지 않다면 첫인상이 별로여도 대화를 나누면서 자연스레 어떤 사람인지 파악한다. 그것이 상대방에 대한 예의이자 건강한 인간관계를 만들어가는 기본 아닐까.

바람이 지나가는 거리

어릴 적 어머니는 의리義理를 지켜야 한다는 말씀을 자주 했다. 일본도 한국과 같은 한자를 쓰는데, 어쩐지 한국과 일본에서 말하는 의리는 비슷하면서도 조금 다르게 느껴진다. 내가 관계에 대한 덕목을 말할 때 가장 먼저 떠오르는 게 바로 이 의리다. 단순히 배신하지 않는다거나 끈끈한 우정을 일컫는 게 아니라 상대에게 감사하고, 그 감사한 마음을 잊지 않는 것까지 의리라고 생각한다.

그 마음이 우리 부부에게는 만남으로 이어지는 듯하다. 맛있는 음식을 먹고 술을 마시는 건 남편과 둘이 할 수도 있는 일이지만, 하는 김에 고마웠던 사람들과 그 즐거움을 나누면 행복이 배가 된다. 파티를 여는 것은 그동안 도움받은 많은 이들을 잊지 않으려는 마음가짐이기도 하다.

늘 지키고자 하는 태도가 있다. 친할수록 더욱 감사하는 마음을 가져야 한다는 것. 한국에서는 여자들끼리 친해지면 유달리 '언니, 동생' 하며 길을 갈 때도 팔짱을 끼고 딱 붙어 걷는 등 허물없이 지내는 경우가 많은데, 처음에는 그런 문화가 독특하게 느껴졌다. 정을 중시하는 한국에서는 당연할 수도 있지만, 나는 마음은 내주어도 호칭부터 만남까지 적당한 선을 지키는 게 필요하다고 생각한다. 선을 넘어서면 인간관계가 무너지는 것도 한순간이다.

어린 시절부터 외국을 오가며 다양한 국적의 사람들과 만났다 헤어짐을 반복하면서 타인과의 관계에 고민이 많았다. 누군가가 사람과 사람 사이에는 늘 '바람이 지나갈 자리' 정도의 거리를 둬야 한다고 말하는 걸 본 적이 있는데, 듣자마자 내가 생각하는 바를 제대로 꼬집은 말이라며 무릎을 탁 쳤다. 너무 가까이 다가서려고 하다 중심을 잃으면 관계도 쉽게 어그러질뿐더러 상처 받기 십상이다. 좋은 관계를 유지하기 위해서는 상대방과 나 사이에 일정한 거리를 유지해야 함을 잊지 않으려고 노력한다.

책을 만나 다행이야

기자나 번역가를 하면서 글을 다루는 일을 했지만, 내가 쓴 글로 책을 내야겠다는 생각은 막연하기만 했다. 그러다 마음산 책 대표님과 우연한 기회를 통해 만나 순식간에 출간 이야기가 오갔고, 그 덕에 첫 책인 『셰프의 딸』이 나오게 됐다. 첫 책이 가지는 기대와 서투름까지도 좋은 추억이 되었다. 당시에는 유명하지 않은 사람의 자전적 이야기였기에 크게 화제가 되지는 못했다.

그런데 시간이 흐르면서 점차 인터뷰 요청이 늘어났고, 다른 출판사에서도 함께 책을 내자는 제안이 들어왔다. 『지중해 요리』라는 책이 나온 출판사의 대표님도 그 책을 보고 요리 교실을 신청해서 나를 만나러 왔다. 결과적으로 첫 책이 출판사에는 큰 도움이 되지 못했지만, 히데코라는 사람을 알리는 데 굉장히 큰 영향력을 발휘한 셈이 됐다. 책을 매개로 계속해서 새로운 인연이 생겨나고 그동안 해보지 못한 작업들도 접하게 됐는데, 내년에는 놀랍게도 독립 영화 프로젝트를 준비하고 있다.

책이 나오는 과정부터 나온 뒤 독자와 만나기까지 보이지 않는 곳에서 분주하게 움직이는 스태프들이 참 많다. 요리를 할 때와는 다르게 많은 분의 도움을 받아 책을 출간하고, 그 책을 읽어주는 독자들을 만나는 일은 얼떨떨하고 쑥스럽지만, 이전에 겪어보지 못한 경험이라 늘 신선하고 재미있다.

특히 연희동에서 멀리 떨어진 지역에 살고 있는 이들은 요리 교실을 다니기가 힘들어서 내 책을 통해 일종의 유대감을 느끼는 것 같다. 나는 요리하는 사람이라 출간 행사는 대개 요리 대접을 주축으로 하는데, 『히데코의 연희동 요리 교실』이라는 책이 나왔을 때는 조금 색다르게 도서관에서 강연회를 했다. 무려 100여 명이나 되는 분들이 자리를 채워준 덕분에 긴장도 됐지만 신기했다. 앞으로도 책으로 자주, 더 많은 인연을 찾아가리라는 다짐을 하게 된 경험이었다.

책은 나에게 특별한 만남이 되었다. 내 책이 또 누군가에게는 그런 만남이 된다면 좋겠다.

SNS 소화불량

여름이었나. 한창 휴가 시즌에 어떤 기사를 읽었다. 가족과 함께 휴양지에 와서도 선베드에 누워 휴대전화만 들여다보고 있는 부모를 통해 SNS의 폐해를 꼬집은 글이었다. 그 기사를 읽고 많은 생각이 들었다. 왜 여행을 할까? 왜 맛집을 찾아갈까? 행동의 목적이 순수하게 즐거움을 만끽하는 것이 아니라 SNS에 올리는 것으로 변질된 경우를 자주 본다. 그러다 보니 결국에는 휴가를 가도 맛있는 음식을 먹어도, 어디에 갔고 무얼 먹었는지 쉴 새 없이 사진 찍어 올리기에 바쁜 것이다.

물론 SNS 자체를 부정하는 건 아니다. 인간관계를 폭넓게 만들어주기도 하고, 여러 나라를 거쳐 온 나에게는 멀리 사는 친구들과 즉각적으로 연결될 수 있는 유용한 도구기도 하다. 그런데 그 연결이 너무 복잡해지면서 많은 사람이 SNS 때문에 불행해 하는 걸 보고 있자니 건강한 인간관계란 무엇인지 고심하게 됐다. 늘 온라인에 접속되어 있어 혼자 있을 시간이 극단적으로 줄어들면서 정신적으로 피폐해지는 것 아닐까.

　가장 큰 문제는 다수의 사람이 온라인에서 알게 되는 사람들과 거리낌 없이 친구를 맺는다는 점이다. 실시간으로 나를 중계하는 것의 심각성이 굉장히 큰데도 별 경계심이 없는 것 같다. 글이든 사진이든 내 모든 일상을 내면의 필터링을 거치지 않은 채로 전부 올리는 것도 조심해야 한다. 내 안에서 정리되지 않은 것들을 무분별하게 올리다 보면 뜻하지 않은 트러블이 발생할 수도 있다.

　무엇보다 자기 안에 기준을 세우는 것이 중요하다. 인터넷상에서 접촉하는 사람 모두와 좋은 관계를 맺고 어울릴 필요는 없다. 나와 맞는 사람, 괜찮은 사람을 가려낼 줄 아는 분별력을 길렀으면 좋겠다. 그러면 괜한 SNS 소화불량에 걸릴 일도 없을 테니 말이다.

꿈이 뭐예요?

요리 교실을 하면 아무래도 주변에 20~40대 여자 친구가 많다. 어떤 고민을 하고 있는지 들어보면 제일 많이 나오는 이야기가 권태기에 관한 것이다. 기혼 여성들은 처음에는 죽고 못 살 것처럼 연애하다 결혼했지만, 살아보니 서로 너무 다른 사람이어서 결혼 전 알던 그 모습이 아닌 거다. 그럴 땐 두 사람이 간극을 좁힐 수 없음을 인정하고 관계를 유지하거나, 받아들이지 못해 헤어지거나 둘 중 하나다.

미혼인 친구들은 결혼과 취직에 관한 고민이 큰 것 같다. 개인적으로는 둘 다 꿈이 없어서 생기는 문제라고 생각한다. 요즘 나는 성별과 나이에 상관없이 만나는 사람마다 '꿈이 뭐예요?'라고 묻는다. 대부분은 오늘을 먹고 살기도 빠듯하고 내일도 기약이 없어서 자기 꿈을 갖지 못한 채 살아간다. 당장 눈앞의 목표도 중요하지만, 인생에는 좀 더 큰 꿈이 필요하지 않을까.

꿈이 없다는 사람들을 만나면 기분 탓인지 안색도 안 좋아

보이고, 사는 것도 따분해 보인다. 나이를 먹을수록 꿈을 포기하는 이들이 많은데, 30~40대에 어떻게 살 것인지가 중요한 것처럼 50~60대에 어떻게 살 것인가를 그려보는 것도 중요하다. 분명한 청사진이 있다면 40대에 무언가 시작해도 전혀 늦지 않다. 하지만 지금 한국 사회는 꿈은커녕 하루하루를 절망감으로 흘려보내는 사람이 너무 많다.

나는 전문 상담사가 아니라서 속 시원한 해결책을 제시해줄수는 없다. 그저 함께 이야기 나누면서 방향을 잡는 데 도움을주려고 노력하는 편이다. 꿈이 없어 고민이라는 사람들에게는꼭 단기, 중기, 장기 목표를 세우라고 조언한다. 그 목표를 주변사람들에게 떠벌리고 다니는 것도 좋은 방법이다. 혼자 끙끙 앓지 말고 내 고민을 사람들에게 알려두면 도움을 받거나 뜻밖의정보를 손에 넣을 수도 있다. 힘들 땐 거침없이 주위 사람을 이용해도 괜찮다.

선한 힘

　요리 교실 선생에다 두 아이의 엄마다 보니 주로 음식과 육아를 주제로 사람들을 만나왔는데, 앞으로는 조금 색다른 모임에 나가고 싶다. 얼마 전, 적극적으로 사회적 활동을 하는 여성들이 주축이 되어 자원봉사를 하는 모임에서 함께 활동하자는 연락을 받았다. 자기 일도 열심히 하면서 바자회를 비롯한 다양한 자선활동을 하는 곳이라 참여하고 싶은 마음이 크다.

　나도 이제 쉰 줄에 들어섰고, 아이들도 다 자라서 어느 정도 생활이 안정되다 보니 요즘에는 사회에 어떻게 선한 영향력을 끼칠 수 있을지 고민된다. 언제까지 요리 교실을 할 수 있을지는 모르겠으나 그동안 요리 교실을 하면서 다른 사람들에게 나의 음식 철학이나 제대로 잘 먹는 법, 요리를 통해 공감하는 방법들을 나름대로 전달해왔다고 생각한다.

　돈을 많이 버는 것도 좋고 중요하지만, 이제는 그것보다 사회 공헌을 할 때가 된 것 아닌가 하는 막연한 생각이 들기 시작했다. 꼭 대단한 것이 아니어도 요리 말고 내가 할 수 있는 게 무엇일까. 단순한 즐거움을 나누는 것에서 한발 더 나아가 좋은 영향력을 끼칠 수 있는 무언가가 있지 않을까 골몰하는 시기다.

혹자는 그 선한 영향력을 책이나 요리 교실 등으로 얻은 수익금을 기부함으로써 보여줄 수도 있지 않느냐고 한다. 하지만 돈을 버는 사람이라면 누구든 할 수 있는 식의 기부 말고, 나이기에 가능한 다른 방법의 공헌이 더 의미 있지 않을까.

히데코가 즐겨 쓰는 그릇

❶ **한국 백자** 지인에게 선물 받은 것으로 나물이나 낫토를 담을 때 자주 사용한다.

❷ **이마리야키** 일본 사가현 아리타 지역에서 생산되는 자기로, 친할머니에게 물려받았다. 200년 이상 된 그릇인데 평소에도 즐겨 쓴다.

❸ **스페인의 디너 접시** 어린 두 아들의 손을 잡고 도쿄에서 사느라 4장뿐이다.

❹ **웨지우드** 어머니에게 물려받은 1970년 산 그릇과 접시. 왜인지는 모르
지만 셰프인 아버지의 레시피로 음식을 만들면 여기에 담는다.

❺ **모던 아리타** 몇 년 전, 일본 브랜드에서 시리즈가 발매됐을 때 산 것으
로 유약 처리를 하지 않아 꺼끌꺼끌한 표면이 매력적이다.

요리의 풍미를 살리는 비법 재료

안초비, 우메보시, 소금

모든 요리의 기본이 되는 식재료가 소금이다.
한국요리의 장은 물론, 일본요리나 스페인요리에서도 마찬가지다.
소금의 종류와 용도를 제대로 알면 소금만으로도 맛을 조절할 수 있다.
나는 한국, 일본, 프랑스, 영국, 히말라야 산 소금을 구분해 쓴다.
감미나 산미가 필요한 경우도 있으나,
안초비나 우메보시로도 충분히 맛을 낼 수 있다.
매년 초여름이면 멸치와 소금으로 스페인식 안초비를 만들고,
황매실과 소금으로 우메보시를 담근다. 안초비는 피자 토핑 외에
다져서 드레싱과 파스타 소스에 넣거나 쌈장에 섞어도 맛있다.
우메보시는 흰 쌀죽에 소금 대신 올려 먹거나 다져서
드레싱에도 넣는다. 고기, 생선 요리에 맛을 낼 때도 활용하면 좋다.

가마도상으로 맛있게 밥 짓는 요령

❶ 흰쌀 두 컵(360mL)을 씻어 5분 정도 물기를 빼주고, 물 400mL와 함께 가마도상에 넣어 20분간 불린다.

❷ 속 뚜껑과 겉 뚜껑의 구멍을 직각이 되도록 하여 덮은 뒤 강한 중간 불에 밥을 안친다.

❸ 뚜껑 구멍에서 증기가 나오면 1~2분 뒤에 불을 끈다. 중간에 불 세기를 조절할 필요는 없고, 불을 끈 상태에서 20분간 뜸을 들인다.

❹ 현미는 두 컵에 물 570~600mL와 소금을 약간 넣어 12시간 이상 불린다. 흰쌀보다 약한 불에 안쳐서 증기가 나오면 13~15분 뒤 불을 끈다.

흰쌀과 현미는
불리는 시간과 밥 짓는 시간이
다르므로 주의해야 한다.

고등어를 올린 토스트

1 양파는 세로로 길게 자른다. 고등어 살에는 소
   금과 후추, 타임 분말을 충분히 뿌린다.
2 팬에 버터를 둘러 달구고 양파가 부드러워질 때
   까지 구운 뒤 건진다.
3 올리브오일을 더하여 고등어 살을 굽는다.
4 자른 사워 도우에 올리브오일을 뿌려 오븐 토
   스터에서 노릇하게 굽는다.
5 버터와 고등어 살, 양파, 타임 분말을 올리고 소
   금, 후추, 올리브오일로 마무리한다.

쉽지만 특별한 파티 요리 1

재료(4인분)

고등어(생고등어) 1마리, 양파
1/2개, 버터 2큰술, 약간 두껍게
자른 사워 도우 4장, 올리브오
일, 소금, 후추, 타임 분말 2큰술

베이컨과 바게트 크루통을 넣은 야채 수프

1 베이컨, 양파, 당근, 감자는 5mm 크기로 깍둑
   썰기하고, 바게트는 2cm로 깍둑썰기한다. 감자
   는 물에 담가두고, 마늘은 으깬다.

2 냄비에 물 1.2L를 붓고 월계수 잎, 파슬리 줄기,
   마늘, 소금을 넣어 약한 불에서 10분간 끓인다.
   1번의 채소도 넣고 20분간 끓이다가 월계수 잎,
   파슬리, 마늘을 건져낸 뒤 소금으로 간한다.

3 팬에 베이컨을 올려 약한 불에 천천히 볶다가
   기름이 나오기 시작하면 바게트를 넣고 올리브
   오일을 둘러 노릇하게 굽는다.

4 그릇에 베이컨과 바게트를 담아 2번 수프를 붓
   는다.

냉장고 속 자투리 재료 활용법

재료(4인분)

베이컨 100g, 오래된 바게트 슬
라이스 4장, 양파 1/2개, 당근
1/2개, 감자 2개, 월계수 잎 2장,
파슬리 줄기 3개, 마늘 1톨, 올
리브오일

록펠러 풍 석화 오븐구이

1 화이트소스를 만든다. 약한 불에서 냄비에 버
   터를 녹인 다음 밀가루를 더해 타지 않게 볶는
   다. 어느 정도 밀가루가 녹으면 냄비를 불에서
   내려 우유를 넣고 다시 중간 불에 올려 잘 섞어
   준 뒤 소금으로 간한다.

2 석화는 껍질과 살을 분리한다. 데친 시금치를
   먹기 좋게 자른 다음 화이트소스에 버무린다.

3 오븐을 200도로 예열한다.

4 석화 껍질 아래에 시금치를 깔고 석화 살, 화이
   트소스, 치즈 순으로 얹어 오븐에서 5분 굽는다.

재료(2~3인분)
석화 6개, 시금치 3뿌리, 파르메
산 치즈 적당량

화이트소스 만들기
박력분 35g, 버터 35g, 우유
200mL, 소금

포크소테와 심플 샐러드

1 돼지 목살은 힘줄을 제거하고 소금, 후추를 뿌
   린 뒤 10분 정도 두었다가 굽는다.

2 팬에 식용유를 둘러 달군 뒤, 접시에 담을 때
   윗면이 될 부분을 팬에 닿게 넣고 뚜껑을 덮어
   2분 30초간 굽는다. 반대쪽 면도 2분 30초 구워
   준다.

3 샐러드용 채소는 씻어서 물에 5분간 담갔다가
   물기를 잘 제거한다. 볼에 드레싱 재료를 넣어
   섞은 뒤, 채소를 담아 잘 버무린다.

4 그릇에 고기를 담고 옆에 샐러드를 얹은 뒤 후
   추를 뿌린다.

혼밥 밥상의 기본

재료(1인분)
돼지 목살 2장(200~250g), 소
금 1/3작은술(고기의 1%가 기
준), 후추, 식용유, 샐러드용 쌈
채소 또는 어린 잎 적당량

심플 샐러드드레싱 만들기
소금·후추 적당량, 디종머스터
드 1작은술, 식초 1작은술, 올
리브오일 1큰술(샐러드용 채소
200g 기준)

아스파라거스 돼지고기 말이 구이

1 아스파라거스는 한 손으로 뿌리 부분을 잡고 다른 한 손으로 중간 부분을 잡는다. 뿌리 부분을 구부리면 딱딱한 부분과 부드러운 부분의 중간 지점에서 뚝 꺾인다.

2 필러로 뿌리 부분 껍질을 4~5cm 정도로 깎은 뒤 소금물에 1분간 데친다. 헹구지 말고 물기만 제거한 뒤 고기 폭에 맞게 자른다.

3 돼지고기를 펴서 소금, 후추를 뿌린다. 된장을 조금 발라 김, 아스파라거스 순으로 얹어 만다.

4 팬에 식용유를 달구어 고기를 넣고 중간 불에 바싹 굽는다.

간단하지만 있어 보이는 도시락

재료(2인분)

샤부샤부용 돼지 목심 200g, 아스파라거스 4개, 소금, 후추, 물 1L, 김 1장, 된장 적당량, 식용유

연어와 부추 볶음밥

1 연어를 적당한 크기로 잘라 소금 1작은술을 뿌
   린 다음 24시간 정도 냉장고에 재운다.
2 팬에 식용유를 둘러 달군 뒤, 소금으로 생긴 물
   기를 잘 닦아낸 연어를 노릇하게 굽는다. 한쪽
   을 굽고 뒤집어서 1분간 뚜껑을 덮으면 잘 익는
   다. 다 구운 연어는 식혀서 잘게 부순다.
3 부추는 1cm 크기로 자르고, 생강은 잘게 다진다.
4 팬에 식용유를 둘러 달군 뒤 생강을 볶는다. 생
   강 향이 나기 시작하면 밥을 넣고 계속 볶는다.
5 밥이 다 볶아지면 구운 연어와 부추를 넣고 볶
   다가 소금, 후추로 간한다.

찬밥으로 하는 요리

재료(4인분)

연어 150g, 부추 1/3단, 소금 1작
은술, 후추 적당량, 밥 4공기, 식
용유 1큰술, 생강 1작은술

생활을 구성하는 공간 가꾸기

내가 생각하는 미니멀리즘이란 공간을 늘리기 위해
무턱대고 버리는 것이 아니라 쓸데없는 군더더기를 덜어내는 것이다.

색다른 공간이 필요해

아파트에서 연희동 이층집으로 이사한 건 내 인생의 결정적 순간 중 하나다. 요리 교실이 아니었더라면 알지 못했을 수많은 인연을 만났기 때문이다. 10년 전에는 1층에 세입자가 있어서 주거 공간인 2층에서 수업을 했다. 그러다 3년 전에 세입자들이 나가면서 1층을 개조해 주거 공간과 요리 교실을 분리했다.

주소는 같지만, 완전히 달라진 공간 덕에 나만의 일터가 생긴 기분이었다. 전에는 생활과 일이 한 공간에서 이루어졌기 때문에 청소와 정리를 두 배로 해야 했고, 오전 수업 수강생들을 맞으려면 아침부터 분주하게 움직여야 해서 정신이 하나도 없었다.

이제 층을 나눠 사용하는 데 적응을 해서인지 작년부터 슬슬 새로운 공간에 대한 욕심이 생겨났다. 리모델링을 하긴 했지만 40년이 넘은 집이기도 하고, 아이들이 집에 없는 시간이 길어지니 공간이 낭비되고 있다는 생각도 들었다. 집을 허물어 마당을 넓게 트고 아담하게 다시 지으면 어떨까 싶어 아는 건축가들에게 연락했다. 그런데 알고 지내는 건축가들이 대부분 토목 쪽이 아니라 예술 쪽이 많아 상담을 받고 나면 감당할 수 없을 정도로 금액이 불어나 있었다. 결국 현실적인 벽 앞에 대공사는 포기하기로 했다.

그때 마침 서울시에서 젊은 예술가들과 진행하는 '돈의문 박물관 마을 프로젝트' 제의가 내게도 들어왔다. 2017년 10월부터 2018년 10월까지 1년 동안 돈의문 박물관 마을에서 '키친 레브 쿠헨'을 운영하게 됐다. 쿠킹 클래스를 열기도 하고 디자이너, 일러스트레이터, 농부, 교수 등 다양한 분야의 사람들과 컬래버 레이션해 연희동에서는 하기 힘들었던 프라이빗한 행사들을 진행했다. 정신없이 보낸 1년이었지만, 새로운 공간에 대한 욕망을 풀어내기에 더할 나위 없이 맞춤한 시간이었다.

공간이 희망이라는 말을 들은적이 있다. 공간에서 모든 것이 시작된다는 뜻일 것이다. 오늘도 다른 공간을 꿈꾼다.

내가 꿈꿔온 집

어렸을 때부터 인테리어 잡지나 방도면 보는 것을 좋아했다. 머릿속으로 이리저리 방의 배치를 바꿔보는 게 취미였다. 주로 유럽의 나라를 옮겨 다니며 살다 보니 아무래도 서양식으로 잘 꾸며진 집을 좋아했다. 이과 머리는 아니어서 건축가가 되겠다는 꿈은 일찌감치 접었지만, 꾸준히 인테리어 관련 잡지를 봤다. 많이 보고 익힌 만큼 따로 배운 적은 없어도 방을 보면 어떻게 꾸며야 할지 대충 감이 온다.

처음 아파트에 입주할 때는 인테리어가 이미 다 완성되어 있던 데다 어디서부터 어떻게 손을 대야 할지 몰라, 타일을 제외하곤 대부분 시공사가 해놓은 대로 두었다. 연희동으로 이사하게 되면서 비로소 주도적으로 인테리어에 관여할 수 있게 됐다.

그런데 구상 단계에서나 로망이지 실제로는 하고 싶은 대로 안 해줄까 봐 불안해서 공사 인부들을 제법 귀찮게 했다. 지저분한 도구가 놓여 있는 것도 아랑곳하지 않고 1톤 트럭 조수석에 앉아 아저씨들을 괴롭혔다. 심신이 녹초가 되고 다른 사람들도 몸살이 날 지경이었지만, 은근히 스트레스가 해소되는 기분을 느꼈다.

그렇다고 대단한 인테리어 철학이 있는 것은 아니다. 굳이 콘셉트를 잡아놓는 게 아니라 그때그때 느낌이 가는 대로 꾸미려고 한다. 그러다 가끔 실수하는 게 그림이든 가구든 예뻐서 사놓고 막상 놓을 데가 없어 곤란해한다는 것이다. 그럴 때면 또 머릿속으로 사부작사부작 도면을 그리고 요리조리 배치를 해본다.

인테리어가 마음에 안 든다고 스트레스 받지 않았으면 좋겠다. 한번에 뚝딱 꿈에 그리던 이상적인 집을 구현해내기는 어렵다. 마음에 안 드는 부분을 하나씩 바꿔나가면서 상상하던 집의 모습으로 완성해가는 것도 집 꾸미기의 묘미 아닐까.

즐거운 나의 부엌

살림을 하는 이라면 누구나 그렇겠지만, 요리 교실도 운영하는 나에게 부엌은 집 안에서도 가장 중요하고 특별한 공간이다. 연희동 집을 인테리어할 때 무엇보다 염두에 뒀던 것은 싱크대 상부장을 다 떼는 일이었다. 아파트에 살 때는 기본적으로 상부장이 있기 때문에 손댈 엄두를 못 내고 그냥 놔뒀는데, 결국 의자까지 써서 손을 깊숙이 집어넣어야 하는 맨 위 칸은 늘 텅텅 빈 채로 수납 기능을 하지 못했다.

사실 뭐가 됐든 위에 있으면 손이 잘 안 간다. 그래서 내가 입에 달고 사는 말 중 하나가 위쪽에 수납하는 식기 중에 1년이 지나도 안 쓰는 게 있다면 버리라는 것이다. 장담컨대 100퍼센트 확률로 다시 꺼내지 않는다. 그런 의미에서 더더욱 상부장보다는 선반을 만들어 수납하기를 추천한다.

부엌은 처음부터 심혈을 기울여 인테리어한 곳이지만, 자꾸만 바꾸고 싶은 구석이 보이는 공간이기도 하다. 정확히는 2층 부엌보다 1층 요리 교실을 바꾸고 싶다. 3년 전에 공사를 시작할 때 아일랜드 키친에 전기는 끌어왔는데, 돈 문제로 수도는 가져오지 못했다. 어느 정도 불편은 감수하려고 했으나 막상 요리 교실을 하고 보니 생각보다 더 번거로워서 하루에도 몇 번씩 공사를 할까 말까 고민하고 있다. 공사 금액보다도 그 많은 그릇이며 도구며 전부 다 치우고 공사할 걸 생각하면 아득해서 엄두가 잘 안 난다.

종종 다른 사람 집에 가서 부엌을 구경하는데, 그럴 때 제일 먼저 눈에 들어오는 건 정리정돈이 잘 되어 있는가 하는 부분이다. 조미료며 냄비며 그릇이 지저분하게 널려 있는 부엌을 보면 손이 근질근질하다. 부엌은 그럴싸한 인테리어보다도 깔끔한 게 최고다. 늘 정돈하고 청소해도 모자란 곳이 부엌이라는 사실을 살림을 하는 많은 이들이 명심했으면 좋겠다.

지독한 냄비 사랑

우리 집에는 그릇과 냄비가 정말 많다. 하지만 갖고 있는 양에 비해 그릇에 대한 집착은 없는 편이다. 한번은 프랑스제 그릇을 수입하는 회사의 대표가 요리 교실을 수강한 적이 있다. 그분이 왜 본인 회사의 식기는 안 쓰는지 넌지시 물어서 샘플을 몇 개 보내 달라 했더니, 실장님과 두 분이 테이블 하나를 꽉 채울 만큼 들고 와서 안 살 수가 없었다. 이렇게 사는 건 특별한 경우고, 대개는 정말 필요해서 산다.

보통은 새로운 요리 교실을 시작할 때 요리에 어울리는 식기를 구입한다. 얼마 전에 태국요리 교실을 시작했을 때는 방콕에서 플레이팅에 어울릴 접시와 포크, 나이프를 샀다. 이런 식으로 그날 식탁에 따라 그릇이 달라지기 때문에 자꾸만 그릇이 늘어난다. 아무리 많아져도 1년에 두 번은 다 꺼내서 닦고 정리한다. 종류에 따라 두는 곳이 정해져 있기 때문에 어디에 뭐가 있는지도 다 꿰고 있다.

반대로 냄비에는 욕심을 많이 내서 돈을 안 아낀다. 표면이 부식돼서 사용하기 어려워진 주물 냄비는 버리지 않고 전문가에게 맡겨 고쳐 쓴다. 식기보다는 조리도구를 더 중요하게 생각해서 프라이팬이든 냄비든 하나를 살 때 값이 좀 나가더라도 질 좋은 제품을 구입해 오래오래 사용한다. 냄비만큼은 디자인이 예쁘다거나 신상이 나왔다고 해서 사는 경우가 거의 없다.

살림을 시작하는 사람에게 당부하고 싶은 건 냄비나 식기 도구를 세트로 사지 말라는 것이다. 밥상을 맛있게 해주는 도구에는 과감하게 투자하되, 쓰지도 않을 제품이 끼어 있는 세트 상품을 예쁘다고 사는 일은 경계했으면 좋겠다. 그 많은 제품 중 사용하지 않는 게 또 수두룩할 테니 말이다.

각자 호흡대로 미니멀리스트

살림이나 삶에 있어 미니멀리즘은 더 이상 유행이 아니라 삶의 한 방식이 되었다. 본격적인 미니멀리즘은 극단적인 심플함을 추구하기 때문에 필요 없는 물건을 전부 걷어내는 정도가 되어야 진정한 의미의 미니멀리스트라고 할 수 있을 것이다. 그런 관점에서 보면 나는 미니멀리스트와는 거리가 멀다. 다만 기본적으로 무엇이든 빼려는 마음가짐을 가지려고 노력한다.

만일 인테리어용 그릇을 하나 사면 그 그릇을 놓기 위해 자리를 만들어줘야 한다. 그럴 때 선반에 놓인 그릇 옆에 새 그릇을 놓는 게 아니라 아예 바꾼다. 말은 별거 아닌 것처럼 보이지만, 하나가 늘어나서 다른 하나를 버리기란 생각처럼 쉽지 않다. 아이들을 학원에 보낼 때도 마찬가지였다. 이건 남편의 영향이 컸는데, 새로운 학원을 다니게 되면 이전에 다니던 학원은 반드시 정리했다.

나는 욕심이 많아 이 사고방식을 몸에 익히기까지 꽤나 애를 먹었다. 나에게 정말 필요한 게 무엇이고, 내가 뭘 하고 싶은지 오래 고민해서 잘 판단하는 게 중요하다. 당장에 실천하기는 힘들지라도 이런 습관을 들이려는 시도가 심플하게 살아가기 위한 첫걸음이 아닐까.

결국 내가 생각하는 미니멀리즘이란 공간을 늘리기 위해 무턱대고 버리는 것이 아니라 쓸데없는 군더더기를 덜어내는 것이다. 그래서 물건을 정리할 때는 마음속으로 순위를 매겨놓고 후순위의 물건은 버리거나 친구들에게 보낸다. 친정엄마에게 받은 것처럼 추억이 깃든 물건은 1번, 충동적으로 구매했지만 둘 곳 없는 소품은 2번, 1년 넘게 사용하지 않은 물건은 3번 같은 식이다. 이렇게 정리하면 복잡했던 생활과 삶이 심플해지고, 내 호흡에 맞는 미니멀리즘을 실천하는 것도 어려운 일만은 아니다.

차분한 시간이 필요할 때

정신없던 일과를 마무리하고 침실로 들어가 적당한 조명 아래서 차분하게 마음을 가라앉힌다. 침실은 잠을 자는 공간인 동시에 책상이 있는 작업 공간이기도 하다. 처음 침실을 꾸밀 때부터 당연하단 듯이 방 한쪽에 내 책상을 두게 되었는데, 생각보다 작업이 잘 돼서 따로 옮길 생각을 하지 않았다.

절로 마음이 안정되는 공간이라 그런지 가만히 생각을 정리하기에도 안성맞춤이고, 어쩐지 막혔던 글도 술술 써지는 기분이 든다. 1층에 널찍한 테이블이 있지만, 그곳은 요리 교실만을 위한 공간이라 차분한 작업에 알맞지 않다. 그래서 새로운 레시피를 만들거나 원고를 쓸 때는 대부분 침실 한구석의 책상을 애용한다.

다만 남편과 함께 쓰는 공간, 그것도 잠을 위한 공간인 데다 책상과 침대가 완전히 분리된 것도 아니어서 작업 시간은 한정적일 수밖에 없다. 다행히 나도 밤에 작업하는 스타일이 아니라서 되도록 침실 조명은 어둡게 유지한다. 아침 일찍 일어나 커피를 내리고, 맑은 정신으로 따뜻한 햇살을 받으며 누구에게도 방해받지 않고 글 쓰는 시간이 참 좋다.

서재는 남편의 공간으로 꾸몄다. 지금 거실 공간이 예전에는 요리 교실이었고, 서재는 소파와 TV를 둔 패밀리룸이었다. 그런데 아이들 방에 햇볕이 안 들어오니 수강생들이 하도 아이들에게 남동향 방을 줘야 한다고 하기에 패밀리룸을 큰아이 방으로, 대학교에 들어간 뒤에는 작은아이 방으로 사용했다. 이번 여름에 두 아이 모두 집을 비우게 되어 다시 남편의 서재로 탈바꿈했는데, 남편은 자기 공간이 생겨 무척 흡족해한다.

우리 대화할까요

다른 집에서는 보통 소파가 텔레비전을 마주 보도록 인테리어를 하는데, 우리 집 거실 소파는 창을 향해 놓여 있다. 예전에는 창을 등지고 벽 쪽에 나무로 만든 커다란 장을 향해 놓았다. 원래는 식기나 서류를 보관하다가 남편의 위스키가 늘어나면서 어느샌가 위스키 장이 되었다. 얼마 전 낡은 현관을 리모델링할 때 바닥 타일을 바꾸고 신발장도 만들다가 위스키 장의 위치를 옮기게 되었고, 벽이 허전해서 소파도 창문을 향하게 배치한 것이다.

우리 집 텔레비전은 나만큼이나 이사를 많이 했다. 처음에는 거실에 두었다가 아이들이 하도 텔레비전을 많이 봐서 안방에 두고 잠가놓은 적도 있다. 그런데도 기어코 창문을 통해 안방으로 들어가는 걸 보곤 그냥 2층 부엌 안쪽으로 옮겼다. 이전 설치 비용도 많이 들고 텔레비전 시청을 통제할 나이도 지나서 앞으로는 옮기는 일이 없을 것 같다.

나도 어렸을 때는 텔레비전을 즐겨 봤다. 그런데 요즘은 인기 있는 프로그램을 잠깐 틀어 봐도 영 흥미가 생기질 않는다. 쉴 때는 차라리 소파에 앉아 아무것도 안 하고 휴식을 취하거나 책을 보는 게 낫다. 네 식구가 모이는 거실에 텔레비전을 두지 않고, 텔레비전 시청만을 위한 공간을 따로 만들어 놓으니 오랜만에 모일 때면 서로에게 집중하며 대화를 나눌 수 있어 훨씬 좋다.

가족 사이에 대화가 줄어드는 건 서로를 향한 관심사를 텔레비전에 빼앗기기 때문 아닐까. 재미있는 프로그램을 보며 감정을 공유하는 것도 좋지만, 말소리 외의 다른 소음을 차단하고 말들을 골라가며 대화하는 시간이 절실히 필요한 때임을 새삼 느낀다.

나만의 아지트

연희동의 구르메 레브쿠헨이 여러 사람의 아지트 노릇을 톡톡히 하고 있는 걸 보면 행복하다. 나에게도 요리 교실 말고 종종 찾는 나만의 아지트가 몇 군데 있다. 바쁘지 않을 때는 혼자 카페에 가는 것도 좋아한다. 『맛보다 이야기』를 쓸 때는 동네의 작은 카페에서 건실한 청년 사장이 내려주는 산미가 강한 드립 커피를 즐겨 마시곤 했다.

내 아지트는 그때그때 상황에 따라 시간에 따라 바뀌는데, 요즘 내 사랑을 독차지하는 곳은 우리 집 2층이다. 아이들이 집에 있는 시간이 줄어들면서 주거 공간을 남편과 나 위주로 재구성한 덕에 2층에서 이런저런 일을 궁리하고 도모하는 시간이 퍽 즐거워졌다.

음식을 좋아하는 만큼 맛집 또한 아지트 목록에서 빠질 수 없는데, 익숙지 않은 해외에 나가도 인터넷에서 소문난 맛집을 찾아가는 일은 거의 없다. 실망한 적이 더러 있어서 웬만하면

믿을 만한 사람들에게 추천받은 곳을 찾아간다. 그렇게 찾아간 식당의 분위기나 맛도 중요하지만, 꼭 보려고 하는 것이 부엌이다. 외관은 그럴싸해 보여도 의외로 청결하지 않은 곳이 많아서 눈에 띄는 부분만이라도 살펴본다.

나만의 아지트는 정신적으로 크게 흔들릴 때, 잠시 도망칠 수 있는 대피소가 되어 준다. 최근에는 인터넷이 워낙 발달해서 나만의 아지트라는 개념이 흐려졌지만, 지친 몸과 마음을 달래줄 아지트가 하나쯤은 있어야 한다. 장소나 공간에 구애받지 않는 그런 아지트가 누구에게나 있었으면 좋겠다.

사람 냄새 나는 요리 교실

요리 교실은 내 주된 수입원이지만, 거기서 얻는 수익에 연연하지는 않는다. 만약에 구르메 레브쿠헨이 어떤 사정으로 갑자기 문을 닫게 된다고 해도 수입이 줄어드는 것은 나중 문제다. 지금도 기껏해야 한 달 치 수강료 가운데 4분의 1정도가 남는 수준이다. 대부분은 요리 재료를 구입하고, 새로운 요리를 구상하기 위해 여행을 가서 직접 맛을 보고, 식기류를 사는 데 지출한다. 그러다 보면 좀처럼 큰돈이 모이지 않는다.

그러니까 나는 사업을 할 만한 그릇이 못 된다. 사업을 키우려면 수익 창출에 예민해야 하는데, 나는 그런 감각이 무딘 사람이다. 한때 잠깐 레스토랑을 차려 볼까 하는 유혹에 빠진 적도 있지만, 콘텐츠를 제공하는 식으로 일을 돕는다면 모를까 내 이름으로 레스토랑을 운영하는 일은 앞으로도 없을 것 같다.

영화 일을 하는 친구들로부터 내년에 다큐멘터리 음식 영화를 찍자는 제안이 왔다. 처음 도전하는 분야인 만큼 일정이 어떻게 될지 감도 안 오고, 수업에 지장이 생길 수도 있어 고심하고 있다. 평소 나는 늘 호기심이 넘치고 도전에 대한 두려움이 없어 웬만하면 해보는 편이라 아마 영화도 긍정적인 쪽으로 움직이지 않을까 싶다.

아직은 요리 교실을 그만할 생각이 전혀 없지만, 시간이 흘러 예순쯤 되면 지금처럼 정력적으로 요리 교실을 운영하기 힘들 수도 있다. 행여나 문을 닫는다고 하더라도 다른 무언가를 하고 있을 게 분명하다. 그러니까 은퇴라는 개념이 나에게는 어울리지 않는 것 같다.

구르메 레브쿠헨은 단순한 요리 교실이 아니라 이야기가 만들어지는 장이다. 앞으로 얼마나 더 많은 각양각색의 사람이 모여 함께 음식을 만들고 맛보고 이야기 나누는 경험을 공유하게 될까? 우리는 또 어떤 경험을 몸에 새기게 될까? 어쩌면 그 결과를 보고 싶어서 요리 교실이라는 과정을 활용하는 게 맞는지도 모른다. 앞으로의 구르메 레브쿠헨 또한 요리 교실이 목적이 아닌, 사람 냄새 나는 만남의 장이 될 것이다.

휴식 같은 공간

연희동으로 이사를 오고 나서 10년 동안 우리 가족의 라이프스타일에도 큰 변화가 있었다. 무엇보다 가족 모두가 좋아하는 바비큐를 하러 전국 방방곡곡을 돌아다니느라 진을 빼지 않아도 되는 게 좋았다. 여기서는 원할 땐 언제든 바비큐를 즐길 수도 있고, 날 좋을 때는 마당에 앉아 커피나 와인 한잔 마시는 것만으로도 큰 위안이 된다. 말 그대로 집이 휴식을 위한 공간으로서의 제 기능을 다 하게 된 것이다. 아파트에 살 때는 미처 누리지 못했던 많은 일이 가능해졌다.

집 주변에 녹지 공간이 턱없이 부족할 때는 주말농장을 다닐까 심각하게 고민했던 적도 있다. 마당이 생기고 나서는 주말농장 대신 텃밭을 꾸며볼까 생각도 해봤는데, 아무리 작은 텃밭이라고 해도 때마다 씨 뿌리고, 물주고, 잡초를 솎아내는 일이 영 나하고는 맞지 않아 일찌감치 관뒀다. 채소가 어디서 재배되고 농장이 어떻게 관계되어 있는지 같은 지속 가능한 식재료에 대한 관심은 많지만, 직접 발로 쫓아다니는 유형은 아니다. 그냥 믿을 만한 이에게 주문해서 받아쓰는 것이 제일이다.

요즘 내 관심사는 '어떻게 하면 남편과 더 잘 발맞춰 살아갈 수 있을까' 하는 것이다. 이해와 배려가 바탕이 되어야겠지만, 함께해서 즐거운 일들을 자주 하고 싶다. 그런 점에서 우리 사이를 더욱 돈독하게 이어주는 게 여행이다. 얼마 전 태국 여행 때는 각자 일을 마치고 공항에서 만났는데, 만난 그 순간부터 앞으로 며칠 동안 다른 일상이 시작된다는 두근거림에 새삼 설레기도 했다.

휴식을 위한 여행이라고 하면 한적한 시골이나 휴양지를 떠올리기 쉽지만, 나는 도시가 좋은 전형적인 도시 여행자다. 한 나라의 대표적인 도시는 평소 살고 있는 도시와는 완전히 다른 문화권이기 때문에 다른 세계로의 시간 여행이기도 하다. 몸이 피곤해도 새로운 체험을 하고 돌아올 때, 이번에도 정말 잘 쉬고 돌아온다는 느낌으로 충만해진다.

머물고 있는 집과 새로운 여행지 사이의 균형을 맞추는 것도 나에겐 더없는 즐거움이다.

애정하는 동네

유년 시절 바닷가에 살아서 그런지 바다가 보이는 곳을 유독 좋아한다. 가만히 바다를 바라보고 있노라면 딱히 뭘 하지 않아도 몸과 마음이 재충전되는 기분이 든다. 부산이나 거제도의 바다를 특히 좋아하는데, 사람이 많은 휴가 기간을 피해 다녀온다. 당일치기로 다녀올 수 있는 일정이어도 일을 만들어서 적어도 이틀 밤은 자고 오려고 한다. 광안리든 해운대든 상관없이 부산은 개방적인 느낌이 드는 도시라 애착이 간다.

거제도에는 아는 분이 펜션을 운영해서 휴가 때 가족 여행으로 자주 갔었다. 몇 년 전 다른 가족들과 함께 놀러 갔을 때, 요상한 일이 하나 있었다. 도착했더니 비가 무시무시하게 쏟아져서 황급히 방으로 들어갔는데, 서울에서 보기 힘든 시커먼 두꺼비 한 마리가 있어 소스라치게 놀랐다. 남편이 조심스레 잡아들어 밖으로 내보내서 한시름 놓았다.

다음 날, 숙박비를 드리려고 준비해온 현금을 꺼내는데 바람이 부는 바람에 산속으로 몽땅 날아가 버리고 말았다. 참 운도 없다면서 차를 타고 나가 다시 돈을 뽑아서 드리고 돌아온 지 한 달이나 지났을까. 남편 회사에 좋은 일이 생겨 꽤 큰 금액이 통장에 들어왔다. 조심스레 펜션 주인에게 그 이야기를 전했더니 그분도 갑자기 큰돈이 생겼다고 해서 모두 놀랐다. 우리 딴에는 영험한 두꺼비를 만난 거제도에 대한 기억이 좋을 수밖에 없다.

가까운 곳으로 시선을 옮겨보자면 당연히 유학생 시절에 처음 연을 맺은 연희동 우리 동네를 가장 좋아한다. 한적하고 길도 잘 정돈되어 있어 산책하기가 좋아서 어린아이들 손을 잡고 자주 걷곤 했다. 궁동산 둘레길은 봄에는 꽃향기를 담뿍 맡으며 거닐 수 있어 좋고, 겨울에는 겨울대로 정취가 있어 언제 가도 좋은 곳이라 추천하는 산책로다.

친환경적인 삶을 위하여

요리를 하는 사람으로서 친환경이나 유기농처럼 지속 가능한 식재료에 대한 고민은 늘 한다. 유기농 채소는 대량생산이 어렵기 때문에 재배 농가가 굉장히 힘들다. 그럼에도 불구하고 좋은 먹거리에 대한 일념으로 농사에 전념하는 분들의 철학이 좋아 종종 직접 연락을 취해 구매한다.

지인 중에 다니던 회사의 이사까지 지내다 그만두고 토종 쌀 연구에 올인한 분이 있다. 필요한 모든 자재를 자비로 구입해서 대량생산이 불가능한 토종 쌀을 재배하고 있다. 처음 그 이야기를 들었을 때는 너무 무모한 도전이 아닌가 우려했는데, 비범한 열정에 지금은 마음속으로나마 늘 응원하고 있다.

나는 이런 분들이 자기 수익을 정당하게 얻어가는 구조가 만들어져야 한다고 생각한다. 자기 철학이나 정신을 지켜가며 작물을 생산하기 위해서는 반드시 어느 정도의 수익 안정화가 이뤄져야 한다. 아직은 내가 큰 도움이 되지는 못하지만, 얼마 전부터 유기농에 관심이 많은 셰프들과 커뮤니티를 만들어 다양한 정보를 공유하고 있다.

친환경을 중심에 놓고 살아가는 것은 멀리 생각하면 지구를 위해서 좋고, 가까이 보면 사람을 위해서 좋다. 가구는 되도록 합판이나 플라스틱 같은 합성 자재를 사용하지 않은 것을 구매하고, 친환경 페인트를 사용한다. 밖에서 파티를 할 때는 어쩔 수 없이 일회용품을 사용하기도 하지만, 집 안에서는 되도록 사용을 피한다. 이런 작지만 꾸준한 시도들이 친환경적인 삶을 사는 첫걸음이다.

친환경 유기농 제품은 우리가 지향해야 할 바람직한 방향이지만, 지나치게 친환경 먹거리를 고집하는 사람은 사실 조금 버겁다. 식생활은 풍요롭고 재미있게 즐기는 게 최우선이다. 간혹 유기농을 고집하면서 다른 이들의 가치관을 배척하는 사람도 있는데, 유기농 식재료를 고집하다 행복한 식생활을 놓친다면 그것이야말로 주객이 전도되는 것 아닐까.

일상적으로 친환경적인 생활을 염두할 것, 다만 내 선에서 식생활은 가혹하지 않게 즐길 것, 그 사이의 균형을 잡는 것이 중요하다.

그릇 수납법

안 쓰는 그릇은 보통 싱크대 상부장에 넣어놓는데, 가능하다면 오픈형 수납장을 사용하는 것이 그릇 사용과 수납에 도움이 된다. 요리 교실에는 그릇이며 냄비, 프라이팬, 컵, 커트러리가 일반 가정보다 훨씬 많아서 정리하는 것만도 일이다. 수납의 기본 원칙은 종류에 따라 넣을 공간을 분류한 다음, 크기와 무게를 고려해 모양별로 쌓는 것이다. 이때, 앞줄에서 뒷줄로 갈수록 높이 쌓아서 뒤에 어떤 그릇이 있는지 늘 확인할 수 있게 하는 것이 요령이다.

용도에 맞는 식칼 사용법

부엌칼은 소재의 특성에 맞는 여러 개의 칼을 용도별로 구분해 사용하고 있다. 만능 식칼(온갖 용도에 쓸 수 있어 하나 있으면 편리하다), 나키리보초菜切包丁(폭이 넓어 채소를 자를 때 편하다), 데바보초出刃包丁(채소 다듬기나 껍질 벗기기에 좋다), 빵칼(요리와 함께 내는 빵은 바게트처럼 딱딱한 종류가 많아 필수다) 등이 있다. 칼은 방치해두면 녹스는 소재이므로 세척한 뒤 바로 물기를 닦아야 한다. 평소에는 직접 숫돌로 칼날을 갈고, 1년에 두 번 정도 전문가에게 맡긴다.

나무 도마 관리법

나무 도마는 질 좋은 제품을 사용하는 것이 제일이지만, 비싼 제품이 아니어도 관리만 잘하면 오래 쓸 수 있다. 간혹 세척한 나무 도마를 축축한 상태 그대로 햇볕에 말리는 경우가 있는데, 그렇게 하면 나무와 볕의 온도 차 때문에 도마가 휘어지기 십상이다. 세척을 한 다음 마른행주로 물기를 닦아내고 직사광선을 피해 바람이 잘 드는 곳에 말리면 냄새도 얼룩도 잘 빠진다. 세척할 때는 천연 솔 수세미를 이용해 나뭇결대로 닦아내면 도마가 잘 상하지 않는다.

과일·채소 보관 궁합

과일과 채소를 함께 보관할 때도 궁합이 있다. 사과에서는 미량의 에틸렌 가스가 나와서 옆에 있는 채소나 과일 숙성을 촉진한다. 그러므로 아보카도를 샀는데 덜 익었을 때는 사과와 함께 보관하면 좋다. 또 사과의 에틸렌 가스는 감자에서 싹이 잘 나지 않게 해서 감자와 사과를 함께 두면 좀 더 오래 보관할 수 있다. 반면에 감자와 양파는 음식 궁합은 좋지만, 서로 쉽게 싹이 나거나 무르게 해 보관 궁합은 꽝이므로 함께 보관하지 않아야 한다.

바비큐 숯에 불 피우는 법

숯불을 피울 때 보통 착화제를 밑에 깔고, 그 위에 숯을 얹거나 가스 토치로 직접 숯에 불을 붙인다. 그런데 착화제는 시간이 오래 걸리고 연기가 나서 불편하고, 가스 토치는 그 자체로도 위험한 데다 숯에 직접 불을 붙이면 숯이 튀어 자칫 화상을 입을 수도 있다. 밑이 뚫린 깡통처럼 생긴 숯불 스타터 바닥에 신문지를 여러 겹 뭉쳐 깔고 숯을 올려 신문지에 불을 붙인다. 스타터를 휴대용 가스레인지 위에 올려놓고 불을 붙이면 약 5~10분 후에 빨갛게 잘 익은 숯불을 얻을 수 있다.

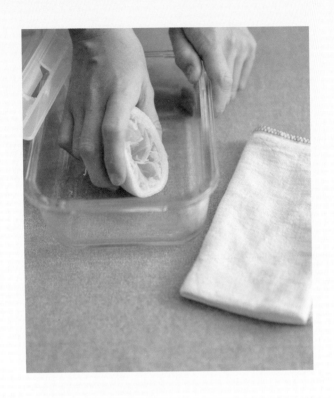

반찬통 냄새 제거법

예전에는 음식 냄새가 밴 플라스틱 용기를 식초에 담가두었
는데, 생각보다 냄새가 잘 빠지지 않는다. 그럴 때는 레몬 껍질이
나 발효 알코올로 통 내부를 닦아준 뒤, 물 세척 하지 말고 마른
행주로 닦아 햇볕에 말린다. 그러면 어느 정도 냄새를 잡을 수
있다. 플라스틱 대신 스테인리스 용기를 쓰는 사람도 많은데, 스
테인리스는 염분이 많은 음식을 오래 보관할 경우 녹이 슬 수도
있으니 조심해야 한다.

주방의 기름때 제거법

베이킹소다와 가루 세제를 1:1 비율로 섞어 물을 조금씩 부어
가며 반죽을 만든다. 주걱으로 떴을 때 흘러내리지 않을 정도로
되직한 팩처럼 반죽한다. 레인지후드의 망을 떼서 양면에 팩을
하듯 발라 랩을 씌워 놓고 1~2시간 방치하면 묵은 기름때가 쉽
게 제거된다. 다만 세제 성분이 독할 경우에는 스테인리스가 변
색될 수도 있으니, 심하지 않은 기름때에는 사용하지 않는 것이
좋다.

요리가 쉬워지는 도구 스테인리스 강판

스테인리스 강판은 플라스틱 강판에 비해 위생이나 내구성
면에서 뛰어나다. 날이 단단하니 생강처럼 섬유질이 질긴 재료
도 힘 안 들이고 갈 수 있다. 이 강판은 앞뒷면이 다른데 날이
작은 쪽은 생강이나 마늘을, 큰 쪽은 무나 과일을 가는 데 사용
한다. 과일은 믹서기나 착즙기보다 강판에 갈아 마시는 게 효소
가 파괴될 위험도 적고, 식감이나 맛도 뛰어나다. 강판을 사용
한 뒤에는 대나무로 만든 솔로 한 번 털어주고 난 뒤 설거지를
하면 된다.

한정된 시간을 내 감각대로

짙은 쪽빛 하늘을 앞에 두고 앉아서
밝아 오는 햇살을 맞으며 글을 쓰는 일이 내게는 작지만 확실한 행복이다.

정신없는 나의 하루

아침부터 수업 준비에 새로운 레시피 구상, 원고 작성에 살림까지 하다 보면 금세 하루가 저문다. 무리하지 않는 선에서 일정을 조율하는데도 어째서인지 늘 정신없는 하루를 보내고 만다. 몇 년에 한 번씩은 세상이 나를 다 잊어버렸나 싶을 정도로 일이 없어 여유를 즐길 때도 있다. 하지만 일이 일을 부르는 건지 하나가 시작되면 꼬리에 꼬리를 물고 늘어나 순식간에 바빠진다.

누구든 그렇겠지만 일 하나를 깔끔하게 마무리 짓고 다음 일로 넘어가는 경우는 극히 드물다. 그러다 보니 계속 맞물리는 일들을 어떻게든 그 안에서 해결하는 게 가장 큰 과제다. 살면서 회사를 다닌 건 불과 2년밖에 안 되고, 인생의 대부분을 프리랜서로 살아왔기 때문에 마감이나 약속을 어긴 적은 거의 없다.

다른 분들을 보면 다이어리나 시간 관리 앱을 적절히 활용하면서 스케줄 관리를 하던데, 나는 1년에 서너 권씩 다이어리 선물을 받아도 다 채워본 적이 없다. 대신 잘 사용하는 게 연말이면 은행이며 서점에서 쉽게 구할 수 있는 칸이 큼지막한 탁상용 달력이다. 다이어리 대신 들고 다니면서 모든 스케줄을 달력에 표시하고, 눈에 잘 띄는 곳에 둔다. 할 일이 많은 날에는 포스트 잇에 중요도에 따라 리스트를 정리해서 붙여 놓는다.

요리 교실 수강생과 대기자 등록은 아는 후배가 관리를 도맡아 하고 있다. 품이 많이 드는 일인데, 체감상 일주일 정도는 내 시간이 절약되는 것 같아 무척 도움이 된다. 리스트를 넘겨받고 새로운 수업이 시작되면 아이들 공부용 단어장으로 수강생 카드를 만든다. 수업이 끝난 뒤에 수강생들 이름부터 사소한 특징, 내가 파악한 취향까지 기록하고 수업이 진행될 때마다 계속 업데이트한다. 테이블 위를 가득 채운 회원 카드를 볼 때면 종일 정신이 없다가도 뿌듯한 마음이 샘솟는다.

히데코는 적응 중

작년까지는 우리 집 식구라고 하면 남편과 나, 두 아들까지 해서 넷이 함께 있는 모습이 먼저 떠올랐다. 그런데 지금은 큰아들 정훈이는 군대에 가고, 작은아들 지훈이는 대학교 근처에서 자취를 하고 있어 남편과 나 둘이 단출하게 집을 지키고 있다.

아이들이 고등학교에 다닐 때는 요리 교실이 끝나는 밤 10시 쯤이 되어서야 학교에서 돌아왔다. 나도 피곤했지만, 아침 일찍부터 밤늦게까지 공부하고 온 아이들의 끼니를 대충이라도 챙겨주고 뒷정리를 마치고 나면 어느새 잘 시간이었다. 그때는 침대에 눕기 직전까지 늘 분주했다.

이제는 시간적으로도 심적으로도 여유가 생겼지만, 어딘지 모를 허전함이 느껴지는 걸 보면 아직은 새로운 환경에 적응하는 기간이 좀 더 필요할 것 같다. 아이들이 어른이 되면 더 이상 품 안에 자식이 아니라는 걸 당연히 알고 있고, 떠나보내야 한다는 게 내 생각인데도 있다 없으니까 마음이 허한 건 어쩔 수가 없나 보다.

그러다 보니 다른 일은 손에 잡히지도 않고, 책이나 볼까 싶어도 눈에 잘 들어오지 않는다. 남편 밥을 차려주는 일에도 소홀해졌는데, 이런 나를 아는지 요새는 남편이 곧잘 외식을 권유한다. 자식들이 장성해서 집안이 조용해지면 엄마들은 손이 덜가서 몸이 편해지는 것과는 반대로 우울증에 걸리기 쉽다. 아이들을 챙기면서 느꼈던 보람과 엄마로서의 자부심이 사라지면서 걷잡을 수 없이 기분이 가라앉는 것이다.

나 역시 어쩔 수 없이 그런 상실감에 휩싸였지만, 다행히 더분주하게 움직이면서 우울감을 빨리 털어냈다. 아침 일찍 일어나 출근하는 남편을 보면 아침 식사라도 차려줘야 하는 거 아닌가 하고 주부로서 내적 갈등을 겪기도 한다. 그래도 남편은 어른이라고 내색 한번 안 하고 알아서 잘 챙겨 먹고 다니는 게 내심 미안하면서도 고맙다.

작지만 확실한 행복

전날 아무리 피곤해도 아침 6~7시 사이에는 저절로 눈이 떠진다. 녹초가 된 몸보다는 게을러지지 않으려는 마음가짐이 침대와 한 몸이 되려는 나를 일으켜주는 것 같다. 눈을 뜨고 제일 먼저 하는 일은 자고 일어난 자리를 정돈하는 것이다. 자기 전과 자고 난 후의 베드 메이킹은 하루의 시작과 끝을 알리는 경건한 의식과도 같다. 침대가 어질러져 있으면 내 하루도 흐트러진 채 시작하는 느낌이 들어 견딜 수가 없다.

이부자리 정리가 끝나면 곧장 화장실로 향한다. 매일 베드 메이킹을 하듯이 아침에는 꼭 화장실 청소를 해야 직성이 풀린다. 다만 본격적으로 팔다리 걷어붙이고 하는 청소가 아니라 변기와 세면대에 물때나 물기가 생기지 않도록 건조하게 유지하는 데 중점을 둔다.

그러고 나서 간단하게 아침 식사를 하거나 우유 탄 커피를 마시면서 컴퓨터로 처리할 업무들을 확인한다. 레시피를 정리하

거나 수업에 빠진 수강생에게 레시피를 보내주는 일, 글을 쓰는 작업 들을 하다 보면 한두 시간이 훌쩍 지나 있다. 요리도 육체노동이라 밤이 되면 심신이 지치기 때문에 집중력을 요하는 작업은 주로 아침에 한다.

그렇게 이른 아침을 보내고 오전 수업을 준비할 시간이 되면 1층 요리 교실로 내려가서 기본 재료들을 준비한다. 수강생들이 오기 전에 재료 밑 손질을 미리 해두는 곳도 있는데, 구르메 레브쿠헨에서는 양파 껍질을 깎아둔다거나 감자를 씻어놓는 정도로만 준비해서 시간이 오래 걸리지는 않는다.

오전 수업이 끝나고 오후 2시가 조금 넘으면 잠깐의 자유시간이 찾아오는데, 그것도 보통은 오후 수업을 위해 장을 보거나 다른 일을 할 때가 많아 휴식을 즐길 새가 없다. 그래서 여유롭게 커피 한잔 마시며 컴퓨터 모니터를 보는 아침 시간을 가장 좋아한다. 해가 뜨기 전, 짙은 쪽빛의 하늘을 앞에 두고 앉아서 생각에 잠겨 있다가 밝아 오는 햇살에 둘러싸여 글을 쓰는 게 내게는 작지만 확실한 행복이다.

혼자의 독서

잠을 잘 자야 다음 날에도 내 바이오리듬에 맞게 일상을 유지할 수가 있다. 나는 보통 밤 12시에서 1시 사이에 잠이 들어 6~7시간 정도 자고 일어난다. 잠들기 직전까지 왜 그렇게 바쁜 건지 책은 자기 전에야 조금 펼쳐보는 정도다. 어렸을 때는 정치나 사회가 어떻게 돌아가는지 관심이 많아서 관련 분야의 책을 읽으면 마음이 뜨거워지곤 했는데, 요리를 시작하고 결혼을 하고 나서는 관심이 뜸해졌다.

사람들은 으레 내가 다독가였을 것이라고 짐작하는데, 사실 나는 책에서 지식을 구하기보단 직접 체험하면서 깨닫는 유형의 사람이다. 몸으로 부딪치면서 실제로 경험하다가 '이건 뭐지?' 싶을 때 책을 펼치는 스타일이다. 그럼 무작정 책부터 읽었을 때보다 내용이 훨씬 머리에 잘 들어온다. 남편은 나와 반대로 이론부터 섭렵하는 사람인데, 보일러를 바꿔도 설명서를 전부 읽어보니 말 다했다.

요즘에는 주로 직업상 필요한 요리 레시피 책이나 요리 에세이를 읽는다. 레시피 책은 외국 원서가 많은데, 베개로 써도 될 만큼 두껍고 표지가 예쁜 양장본이 많다. 음식 에세이라면 히라마쓰 요코나 오가와 요코 같은 작가들의 책을 즐겨 읽었다. 특히 맛과 음식을 탐구하고 그것을 자신만의 감각으로 풀어내는 맛 칼럼니스트 히라마쓰 요코는 단연 존경스럽다. 그에게 음식이나 맛, 조리에 관한 섬세한 표현을 배우기도 했으니까.

하지만 뭐니 뭐니 해도 가장 좋아하는 작가는 스가 아쓰코다. 1960년대 일본과 유럽, 두 공간을 살았던 1세대 코즈모폴리턴으로 국내에는 세 권의 산문집이 출간되어 있다. 부유한 집에서 태어나 1960년대 유학길에 올랐고, 가난한 이탈리아 문학 청년과 결혼했는데 남편이 죽자 13년의 밀라노 거주를 접고 귀국했다. 그녀의 드라마틱한 삶을 제외하고라도 연구자이자 번역가, 에세이스트로 활발히 활동한 뛰어난 여성이다. 이방인으로서의 고독이나 다른 문화와의 차이를 어떻게 받아들이고 표현하는지, 내가 글을 쓴다면 이런 글을 쓰고 싶다고 생각할 정도로 푹 빠졌었다. 그녀의 유려한 글들을 더 읽을 수 없다는 사실이 두고두고 아쉬울 뿐이다.

생기 넘치는 장보기

다른 건 몰라도 재료에 관해서만큼은 철저한 완벽주의자가 되려고 한다. 연희동에는 요리 교실이 많은데, 편의상 조수와 함께 움직이는 선생님들도 있다. 나도 너무 바빠 몸이 두 개라도 모자랄 지경에 이르면 조수를 한 명 둘까 고민할 때도 있지만, 이내 체념하고 만다. 워낙 성미가 급한 터라 일을 부탁한 지 5분도 안 지나서 그 일을 했나 안 했나 궁금해서 못 견뎌 한다. 그뿐만 아니라 내 눈과 귀로 직접 확인해야 직성이 풀리는 성격이라 아마 상대방도 힘들어 할 것이다.

다른 일은 대충 넘어갈 때도 있는데, 요리 교실에서 사용할 식재료는 아무리 내가 신뢰하는 사람이어도 섣불리 부탁하지 않는다. 만약 가지를 사러 갔는데 상태가 안 좋아 도저히 요리에 사용할 수 없다면 그 자리에서 대체할 수 있는 채소를 찾아야 한다. 극단적으로 대체할 채소마저 없다면 바로 레시피를 수정해야 하기 때문에 더더욱 직접 장을 보는 게 편하다.

박스째 사두면 훨씬 품도 덜 들고 편하지 않느냐고들 하는데, 일주일 안에서도 오늘은 일본 가정식, 내일은 스페인요리, 내일은 혼밥 식사 같은 식으로 수업이 다 다르다. 한번에 대량으로 사놓으면 몸은 편하지만, 금방 못쓰게 되므로 장을 볼 때는 반드시 해당 수업에 필요한 만큼만, 책정된 재료비 내에서 구매하도록 신경 쓴다.

한때는 젊은 농부들이 유기농으로 재배하는 채소를 산지 직송으로 받기도 했는데, 수업 메뉴를 거기에 맞춰야 하다 보니 내가 생각한 대로 수업 진행을 못 하는 경우가 생겼다. 결국 믿을 수 있는 연희동의 마트나 생협에서 매일같이 장을 보게 됐다. 대형 할인마트에 비해 살짝 비싼 감은 있지만, 여름이든 겨울이든 비슷한 가격을 유지해서 나 같은 사람에게는 안성맞춤이다.

"나카가와 상은 스페인 타임이네요?"

나는 늘 일정을 만든다. 예기치 못했던 자유시간이 생길 것 같은 날이면 바로 약속을 잡거나 그동안 미뤄뒀던 일들을 한다. 우리 집 분위기는 게으름과는 거리가 먼데, 특히 남편이 정말 부지런하다. 가만히 앉아 텔레비전이나 책을 볼 때가 아니면 항상 뭔가 하고 있다. 마당에 심어놓은 꽃이나 허브에 물을 주거나 낙엽을 치우고, 집 밖에 쓰레기를 내놓는 것도 남편의 몫이다. 남편과 나 둘 중 하나라도 신체적 시간 감각이 게을렀다면 같이 못 살지 않았을까.

옛날 옛적 이야기지만, 한때 한국에서는 '코리안 타임'을 미덕으로 여기던 풍조가 있었다. 약속 시간에 5분, 10분 늦는 것을 문화로 여기던 요상한 시절이었다. 이와 반대로 일본인들은 철저하게 약속 시간을 지키는 것으로 유명했는데, 사실 나는 그때부터 코리안 타임이었다.

독일로 유학을 갔다가 일본으로 돌아온 스물두 살 때, NHK

에서 독일어 관련 방송의 아르바이트를 하게 됐다. 당시 상사가 시간에 엄격한 전형적인 일본인의 표상이었다. 아르바이트를 하면서 스페인에 가려고 준비 중이었는데, 아직도 그가 나에게 한 말이 기억에 생생하다.

"나카가와 상은 스페인 가기 전부터 스페인 타임이네요."

그때는 스페인도 한국과 시간관념이 비슷했다. 워낙 정신없이 일하다 보니 종종 시간을 어기곤 했던 나에게는 꽤나 따끔한 지적이었다.

나부터가 약속 시간을 잘 못 지켜서 그런지 나는 상대방이 조금 늦더라도 일정에 별 차질이 없는 한 크게 개의치 않는다. 그럴싸한 변명처럼 들릴지도 모르겠지만 기다리는 시간도 어차피 만남의 일부이고, 일을 진행하는 하나의 과정에 속하기 때문이다. 그래도 본의 아니게 나를 기다리느라 귀한 시간을 기꺼이 내어주신 분들을 생각하며 오늘도 반성의 시간을 갖는다.

시간 사용법

나이를 한 살 한 살 먹어갈수록 조금씩 체력적인 한계가 느껴져서, 일을 할 때도 우선순위부터 떠올리게 됐다. 파도처럼 밀려드는 일을 전부 맡아서 어떻게 효율적으로 할까 머리를 싸매고 고민하는 게 아니라, 의식적으로 하지 않는 일을 만들려고 한다. 예전에는 놓치기 아쉬운 마음에 되도록 들어오는 일은 거절하지 않으려고 했는데, 앞으로도 오래도록 잘 일하려면 포기할 줄도 알아야 한다고 느꼈다.

일의 종류를 구분한 뒤, 무엇을 하고 무엇을 하지 않을지 판단해서 과감하게 쳐내는 결단력이 생기면 시간을 더 효율적으로 관리할 수 있다. 시간이든 물건이든 요리든 자꾸 뭘 더하려하지 말고 빼려는 연습을 해야 한다. 아무리 소문난 식당에 가도 이것저것 욕심이 잔뜩 들어간 요리는 맛이 없다.

옷도 그렇다. 이것도 입고 저것도 걸치고 하는 게 아니라, 나한테 제일 잘 맞고 어울리는 게 어떤 건지 생각해서 덜어내는 연습을 해야 한다. 우리 어머니는 내가 어렸을 때부터 외출하기 전에 거울 앞에 서서 머리 끝부터 발끝까지 찬찬히 살펴보고 필요 없는 건 빼라고 말씀하셨다. 언뜻 옷 잘 입는 노하우처럼 들리는 그 말씀이 내 삶을 이루는 근간이 된 것 같다. 일이든 옷이든 요리든 덜어냄을 기본으로 하는 개념이 절로 몸에 배었다.

꾸준히 나를 둘러싼 것들을 단순화하다 보면 생활이 굉장히 심플해진다. 불필요한 것들에 집착하기 때문에 삶이 복잡하고 고달파지는 것이다. 최대한 삶의 다양한 영역에서 '마이너스 사고'를 바탕으로 생활하다 보면 효율성과 능률은 저절로 따라오게 마련이다.

계절이 바뀔 무렵

계절이 바뀔 때 제일 먼저 하는 일은 옷장 정리다. 옷장의 옷을 전부 꺼내서 옷장부터 꼼꼼히 닦아준다. 안 입는 옷은 상자에, 입을 옷은 바로 꺼낼 수 있도록 옷장에 정리한다. 지금은 옷 욕심이 별로 없어서 예전보다 옷이 많이 줄었다. 식기와 마찬가지로 1년 정도 입지 않은 옷은 앞으로도 입을 확률이 제로에 가깝기 때문에 전부 버린다. 요새는 아끼던 옷이나 아까워서 버리지 못했던 식기를 선별해 수강생들에게 선물하기도 한다.

초여름이 되면 마당에서 안초비를 다듬고, 7월에는 황매실로 우메보시(일본식 매실장아찌)를 담근다. 올해는 유달리 질 좋은 제철 식재료가 때마다 들어와서 산초 열매로 일본식 산초 절임을 만들거나 처음으로 한국식 보리굴비 고추장 장아찌도 배워봤다. 가을에는 매년 생각만 하다가 마당에 국화를 심었는데, 국화가 시들 때쯤에는 보라색 꽃양배추를 심어볼까 한다.

내년 봄은 연희동 집에 이사 와서 마당을 만든 지 딱 10년째가 되는 해다. 그동안 심고 싶은 나무나 꽃이 생기면 크게 고민 안 하고 심었기 때문에 지금은 꽃이며 나무며 허브가 빽빽이 들어차 있어 답답해 보인다. 엄두가 안 나 손을 못 대고 있었는데, 내년 봄에는 전문 조경사와 머리를 맞대어 마당의 묵은 때를 벗기고 새로운 마당으로 바꿀 예정이다. 옷을 갈아입은 마당을 생각하면 벌써 가슴이 두근거린다.

나는 주변 사람들에게 계절에 나는 제철 음식을 먹으라고 강조한다. 그런 점에서 봄은 나를 가장 들뜨게 하는 계절이다. 두릅, 달래, 냉이, 쑥 등 향도 맛도 각양각색인 봄나물들을 두고 어떤 요리를 할까 고민하는 것만큼 즐거운 일이 없다. 여름에는 찬 기운의 풋고추를 된장에 찍어 먹는 것만으로도 기운이 나고, 가을에는 몸을 따뜻하게 유지해주는 뿌리채소를 많이 먹는 것이 좋다. 연근 등의 뿌리채소는 일본식으로 간장에 넣고 졸이거나 허브 소스를 뿌려 오븐에 구워 먹어도 맛있다. 겨울이 되면 제철 채소를 듬뿍 넣은 전골이나 일본식 나베로 몸의 기운을 따뜻하게 한다. 제철 음식을 잘 챙겨 먹는 것만큼 좋은 약은 없다.

인생을 정리하는 또 다른 방법

나의 청소 철학은 평소에 정리정돈을 잘해놓으면 구태여 날 잡아 대청소를 하지 않아도 된다는 것이다. 아침에 이부자리를 정리하고, 화장실 세면대와 변기를 닦고, 마른 부직포를 끼운 자루걸레로 가볍게 바닥의 머리카락과 먼지를 청소하면 날마다 청소기를 돌리지 않아도 주변이 깔끔하다. 청소기는 일주일에 한 번 정도 돌리는 것만으로 충분하다.

요리 교실인 1층은 음식 찌꺼기와 기름이 자주 떨어지기 때문에 2~3회 수업을 진행하면 한 번씩 청소기를 돌리고, 토요일 수업이 끝나면 스팀 청소기로 보이지 않는 묵은 때를 벗겨낸다. 먼지는 오리털로 만든 먼지떨이와 세차 타올로 제거한다. 행주나 걸레 대신 세차 타올을 사용하면 물이나 세제를 묻히지 않아도 수월하게 기름기나 먼지를 제거할 수 있다. 먼지가 자주 쌓이는 선반이나 책장 등에 군데군데 놔두고 눈에 띌 때마다 틈틈이 닦아준다.

이층집에다 요리 교실을 겸하기 때문에 돌봐야 할 집안일이 많은데도, 나는 내가 정해놓은 가사 규칙을 다른 사람에게 개입 받는 기분이 싫어서 가사 도우미를 고용하지 못한다. 다만 요리 교실이 끝나면 부탁하지 않아도 수강생들이 청소를 도와준다. 원래 우리 요리 교실은 설거지까지 마쳐야 수업이 끝나는데, 다들 나서서 레인지후드를 닦고 행주도 빨고 바닥도 닦아준다. 절대 의도한 바는 아니지만 여럿이 함께 청소를 하다 보니 내 시간도 절약돼서 큰 도움을 받고 있다.

대청소는 1년에 두 번 하는데 우리 집에서는 '대정리'라고 부른다. 이번 여름에는 책도 함께 정리했다. 남편과 나 둘 다 책을 많이 사는 데다 일본에서 가져온 책도 꽤 있어서 한정 없이 쌓여가던 참이었다. 한국 책은 중고서점에 팔았고, 일본 책은 받아주지 않는 게 많아서 고물상에 보냈다. 그렇게 서재부터 창고까지 싹 다 뒤집어서 깨끗하게 닦고, 버릴 건 버리는 게 우리 집 대청소 겸 대정리다. 그동안 손길이 닿지 못했던 부분을 살펴 가며 하루를 온통 정리하는 데 보내면 어딘지 모르게 답답했던 마음도, 안 풀리는 것 같던 인생도 한 방에 정리되는 기분이다.

취미가 없어요

요리 선생을 하기 전에는 취미가 뭐냐고 물었을 때 요리라고 답했다. 그때는 음식을 만들어서 친구들이 맛있게 먹어주는 모습을 보는 것이 마냥 즐거웠다. 이제는 요리가 본업이 되어서 똑같은 질문을 받으면 곧장 답이 튀어나오지 않는다. 물론 여전히 요리는 즐겁지만, 어디까지나 취미로 하는 게 아니기 때문에 순수하게 즐겁지만은 않다.

모든 사람의 취미일 것 같은 영화 관람을 좋아하느냐고 하면 딱히 그렇지도 않다. 남편과 가끔 영화를 보러 가긴 하는데 둘의 영화 취향이 너무 달라서 같이 볼만한 영화가 별로 없다. 혼자 가서 볼 정도로 좋아하는 것도 아니라 집에서 볼 때가 더 많다. 그렇다고 운동하면서 행복을 느끼는 사람도 아니다. 취미 생활이라고 할 만한 게 없는 걸 보니 삶을 너무 팍팍하게 살고 있나 싶기도 하다.

그나마 좋아하는 걸 꼽자면 인테리어 책을 보며 머릿속으로 방을 꾸며보는 것이다. 실내 장식품에 관심이 많아서 아기자기한 소품 가게에 들러 구경하는 것도 좋아한다. 시간이 날 때는 누군가 지나가면서 맛있다고 한 식당을 찾아가거나 동네 작은 책방에 가서 새로 나온 책은 뭐가 있는지 둘러보기도 한다.

중년이 되면 주변에서 골프나 스쿠버 다이빙 같은 레저스포츠를 해보자는 제의가 많아지는데, 솔직히 별로 관심이 없다. 수상 스포츠는 어렸을 적 섬에 살아서 다리에 힘이 빠질 정도로 많이 해봤고, 탁구며 테니스며 웬만한 생활 운동은 학교 다니면서 다 섭렵했다. 하지만 할 줄 아는 것과 별개로 힘든 게 싫다. 나에게 운동이란 여가 생활이라기보다는 의무에 가까웠기 때문에 굳이 지금에 와서 힘들게 운동하고 싶지 않다. 그저 볕 좋고 공기 좋은 날 원 없이 조깅이나 하련다.

취미가 없다고 빈약한 일상을 사는 건 아닌지 걱정하는 사람들이 있다면 그건 전혀 아니라고 얘기해주고 싶다. 취미는 과대평가된 면도 있지 않을까.

이건 되고 저건 안 돼?

오래 알고 지낸 여자 선배와 다짐한 게 하나 있다. 나중에 늙어서 기력이 다하면 줄기세포 주사를 맞으면서 아흔 살까지 현역으로 일하자고 말이다. 실제로 어떻게 될지는 모르는 일이지만, 말의 요지는 삶의 끝까지 열정을 갖고 정력적으로 하고 싶은 일을 하면서 살자는 거다.

나는 어려서부터 '나이가 많아서 이건 되고 저건 안 돼' 하는 사고방식이 싫었다. 그렇게 다른 사람의 눈치를 보느라 자기가 뭘 원하는지, 어떤 일을 잘할 수 있는지 알면서도 가슴에 묻고 살아가는 사람을 무수히 봐왔다.

나는 운이 좋은 사람이라 하고 싶은 일을 하면서 여러 분야의 다양한 사람들을 만난다. 내가 대학교에 입학할 때 태어난 친구도 있고, 한창 신나게 이야기하다 정신 차려보면 나보다 열다섯 살이나 어린 친구도 있다. 반대로 친구처럼 대화하다 알고 보니 아버지와 비슷한 연배였던 분도 있는데, 나는 그들과 함께 있으면 순간적으로 우리의 나이를 잊어버린다.

인생은 배움과 도전의 연속이라고 말하면서도 한국에서는 지나치게 나이를 의식하는 경향이 있다. 아직 한창때임에도 나이 때문에, 주위의 눈 때문에 도전을 주저하고 두려워하는 사람이 많다. 의욕적으로 뭔가 해보려는 이에게 나이 먹어 주책이라며 핀잔을 주는 사회 분위기도 바뀌어야 할 때다.

결국 잘 먹고 잘사는 일도 물질적 풍족함이 아니라 끊임없이 배우고 싶어 하는 마음과 도전 정신을 잃지 않는 데서 비롯되는 것 아닐까. 자기 계발의 끈을 놓아버린 사람은 나이가 많든 적든 삶이 우울하고 초라해질 수밖에 없다. 모두가 언제든 남의 눈이 아니라 자신을 믿고 인생을 살아가면 좋겠다.

익숙한 여행의 기쁨

어느 정도 나이를 먹고 나니 여행할 때 도장을 찍듯이 여러 나라를 가는 것보다 그동안 가본 곳 중에 좋았던 곳을 다시 찾게 된다. 이제는 알래스카나 사파리 같은 미지의 세계에 가자고 해도 영 구미가 당기지 않는다. 낯선 세계를 향한 로망은 어느새 사그라들었고, 내가 좋아하는 곳을 갈 때 훨씬 설렌다.

나에게 여행이 완전한 휴가를 의미하는 경우는 드물다. 대개는 여행하는 김에 일을 하거나 일하는 김에 여행을 한다. 성격상 목적의식 없이는 움직이지 못해서 얼마 전 다녀온 방콕도 반은 휴가, 반은 동남아 요리반 준비가 목적이었다. 여행지에서 그들만의 문화나 다양한 식재료, 가지각색의 식기를 접해 영감을 얻으면 메뉴 개발이나 데코레이션에 크게 도움이 된다.

지난번 다녀온 스코틀랜드도 위스키 페어링 수업에 참고할 거리를 찾기 위해서였다. 이제껏 다녀온 나라 중에서는 단연 스코틀랜드가 기억에 남는다. 영국 런던 근처까지는 가봤어도 에

든버러 지역은 처음이었다. 확실히 정의할 수는 없지만, 스코틀랜드 사람들이 한국 사람들과 비슷하다는 느낌을 받았다. 이방인에 대한 관심과 정이 느껴지는 곳이라 살아 보면 재미있을 것도 같다.

일본은 자주 가지만 친정과 도쿄 근교를 제외하곤 거의 보지 못했다. 도쿄 도심에 살던 부모님은 동일본대지진 이후에 오이소라는 바다마을로 이사했다. 요코하마에서 조금 떨어진 곳으로 한국인들에게는 생소한 지역인데, 일본 최초의 피서지로 유명한 곳이다. 부모님이 지금보다 기력이 좋으셨을 때는 친정 간 김에 함께 여행을 가기도 했지만, 요새는 연로하셔서 먼 거리를 이동하기가 어렵다. 시간이 더 흐르기 전에 부모님과 다시 여행을 갈 수 있으면 좋으련만.

언어의 바다

나는 학구적인 욕심, 특히 다른 나라 언어에 대한 갈증이 크다. 골프를 배울 시간이 있으면 언어 공부에 쓰는 게 낫다고 생각할 정도다. 새로운 언어를 배우는 건 무척 흥분되고 즐거운 일이다. 동네에 좋아하는 옷가게가 하나 있는데, 지나가면서 보니 주인이 벨기에 사람에게 프랑스어를 배우고 있었다. 또 호기심을 못 참고 끼어들어 이야기를 나누었다. 네덜란드어도 잘해서 네덜란드어를 배우기로 하고 연락처를 주고받았는데, 좀처럼 시간이 나지 않아 진전이 없는 상태다.

지난여름에는 조소를 전공하는 작은아들 지훈이를 이탈리아로 유학 보낼 생각에 한 대학교 외국어교육원의 이탈리아어 교육과정에 다니게 했다. 그때 나도 같이 등록할까 했는데, 이탈리아어는 인기가 별로 없어 오전반이 폐강되어 지훈이가 다니는 오후반만 남아 포기했다. 나야 아무렇지 않다고 해도 아이가 싫어할 게 뻔하지 않은가. 결국 그렇게 이탈리아어도 물 건너갔다.

궁금한 걸 못 참는 성격은 외국에서도 마찬가지라 어딜 가도 옆 테이블에서 무슨 이야기를 하는지가 그렇게 궁금하다. 뭔 말을 하는지 알아들으려면 당연히 언어가 돼야 하니까 더더욱 말을 배우고 싶어 하는지도 모른다. 나름 언어에 대한 이해가 빠르고, 들은 대로 곧잘 따라 한다. 어디서 발음 안 좋다는 소리도 들어본 적 없고, 스페인에서도 스페인 사람보다 말이 빨랐으니 말 다 했지, 뭐.

최근에는 좋아해서 자주 다녀온 여행지인 방콕을 더 제대로 즐기고 싶어 태국어에 손을 뻗었다. 호기롭게 초보자용 책을 사긴 했는데, 어째 처음 접하는 꼬부랑글자들의 향연에 나조차도 머리가 금세 어지러워져 첫 페이지를 넘기지 못하고 있다. 그럼에도 새로운 언어는 언제나 내게 모두 다 알고 싶은 바다라고나 할까.

외국에서 한국요리 교실을

한국에 정착한 지 햇수로 25년, 요리 교실을 연 지는 10년이 됐다. 나는 어렸을 때부터 그래왔던 것처럼 지금도 항상 한국도 일본도 아닌 외국 어딘가에 사는 꿈을 꾼다. 언젠가 요리 교실을 오래 다닌 수강생이 나에게 "선생님은 해외여행만 다녀오면 그 나라로 이민 간다고 하시네요"라고 했을 만큼 여행을 다녀오면 들뜨는 마음을 주체할 길이 없다. 아마도 언제나 새로운 것에 목말라하는 성격이라 그런 것 같다.

지금 당장 가고 싶은 나라를 하나 고르라면 단연 스코틀랜드다. 처음에는 퍽 낯설었지만, 유쾌하고 인심 좋은 사람들이라 여행하는 내내 행복했다. 그들에게 아마도 거의 접해본 적 없을 한국요리나 일본요리를 가르치는 것도 꽤 재미있을 것 같다.

예전 같았으면 이런 감정이 샘솟을 때 언제든 뒤도 돌아보지 않고 마음 가는 대로 움직였을 것이다. 하지만 이제는 상황이 완전히 달라졌다. 가족이 있고, 요리 교실이라는 현실에 최대한 발을 붙이고 있어야 한다. 돌아보고 돌봐야 할 게 많아져서 과감하게 도전하기가 쉽지 않다.

그렇다고 그 꿈을 단념한 것은 아니다. 기회가 된다면 꼭 스코틀랜드가 아니어도 한국요리 교실을 열고 싶다. 아직은 스스로 한국요리를 가르치기에 부족함이 많다는 생각에 시도조차 못 하고 있지만, 나만의 비법과 내공이 차곡차곡 쌓이면 특색 있는 '히데코의 한국요리 교실'이 열리는 날이 오지 않을까.

옷장 냄새 제거법

3월과 10월에 옷장 정리를 할 때, 안 입는 옷을 박스에 담고 진드기 방지 탈취제를 넣어 보관한다. 그 외의 다른 방향제나 탈취제 공산품은 사용하지 않고, 천연 성분을 이용해 냄새를 잡는다. 시나몬 스틱은 미약하지만 항균효과가 있고 벌레가 꼬이지 않게 해준다. 10월쯤에는 유칼립투스 잎이나 라벤더, 바질 등의 허브잎을 말려서 옷 주머니나 망에 담아 속옷 장에 넣어두면 천연 방향제 역할을 톡톡히 한다.

장바구니 활용법

유학 시절인 1980년대 후반에서 1990년대 초반, 유럽에서는 집마다 장바구니를 구비하는 것이 필수였다. 그때의 영향을 받아 장을 볼 때는 장바구니를 꼭 사용하려고 한다. 평소 에코백을 즐겨 매는데, 늘 가방에 부피가 작은 접이식 나일론 장바구니를 넣고 다녀서 갑자기 장을 보게 되더라도 비닐봉지를 받지 않는다. 큰맘 먹고 장을 볼 때는 라탄이나 왕골을 엮어 만든 크고 튼튼한 장바구니를 이용하면 편하다.

일을 줄이는 도구 자루걸레

되도록 일회용품을 쓰지 않으려고 하는데, 무인양품에서 나온 자루걸레는 청소의 효율을 크게 높여줘서 청소 필수 아이템으로 사용하고 있다. 머리카락이나 먼지 제거에 알맞은 드라이 시트와 얼룩 제거에 효과적인 웨트 시트를 용도에 맞게 쓸 수 있어 좋다. 얼룩 제거가 잘 안 될 때는 다용도 발효 알코올을 뿌려주면 얼룩을 수월하게 지울 수 있다. 무거운 청소기를 매일 돌리는 것보다 간단하고 빠르게 끝나서 청소가 한결 편해진다.

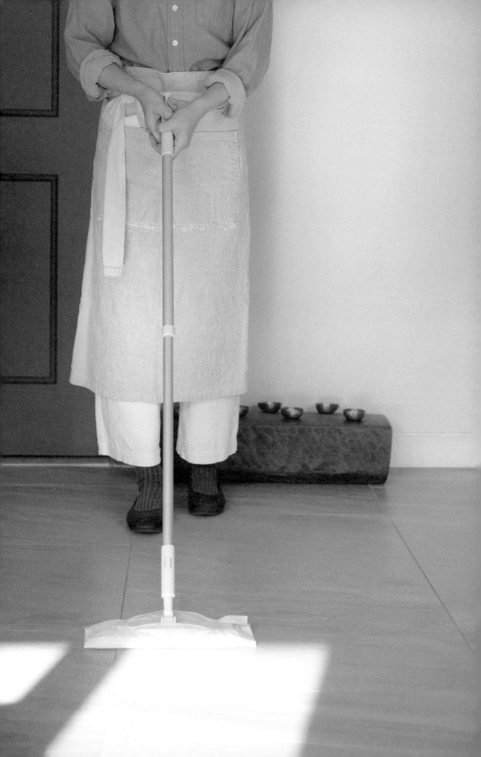

욕실 청소법

시중에 판매하는 락스 제품은 향과 성분이 너무 독해서 사용하지 않는다. 대신 구연산 스프레이를 사용하는데, 만드는 방법은 간단하다. 구연산 1큰술에 물 200mL를 섞어 스프레이 통에 담기만 하면 된다. 물때가 묻은 곳에 키친 타올을 깔고 구연산 스프레이를 충분히 뿌린 다음, 2시간 정도 지나 스펀지로 닦아내면 반짝반짝 윤이 난다. 구연산은 물때나 알칼리성 얼룩에 효과가 있어 청소할 때 미리 뿌려 걸레로 닦으면 곰팡이 예방에도 도움이 된다.

신발 보관법

신발장 안의 신발은 왼쪽과 오른쪽을 반대 방향으로 넣어놓으면 자리도 절약되고, 신발의 앞뒤를 모두 볼 수 있어 어느 신발인지 바로 확인하기 쉽다. 신발도 옷처럼 3월과 10월에 싹 정리하는데, 당분간 신지 않을 신발은 솔로 닦아 박스에 보관한다. 이때, 신발 안에 신문지를 넣어 습기를 방지하고 박스에 무슨 신발인지 적어 놓으면 필요할 때 바로바로 찾을 수 있다. 신발장에도 옷장과 마찬가지로 시나몬 스틱을 넣어 방향 효과를 주고, 벌레 꼬임을 막는다.

용도별 행주 관리법

우리 집에는 크게 물을 묻혀 음식물을 닦는 면 행주, 가벼운
물기를 닦거나 냄비를 들 때 사용하는 작은 가제 행주, 접시나
그릇을 닦는 큰 리넨 행주가 있다. 한국에서는 하나의 행주를 다
목적으로 사용하는데, 이렇게 목적에 따라 나눠 사용하면 훨씬
위생적이고 보관하기도 쉽다. 물을 많이 묻혀 음식물을 닦는 면
행주만 끓는 물에 삶고 나머지는 세탁기로 빨래한 뒤, 햇볕이나
건조기에 보송보송하게 말리면 냄새와 잡균 모두 잡을 수 있다.

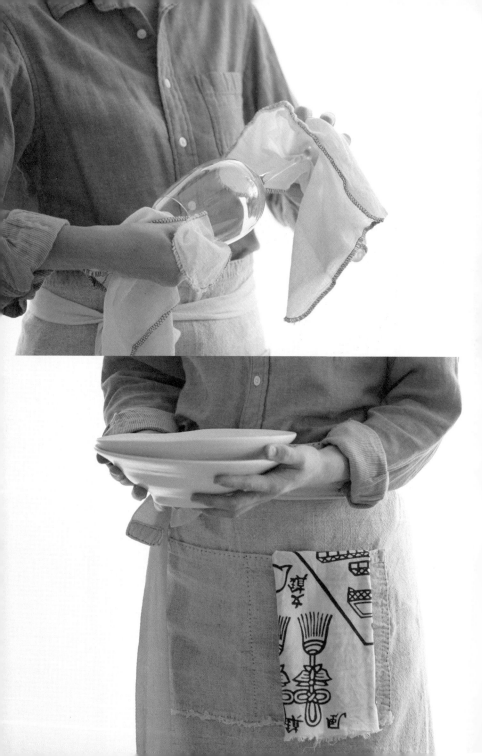

은 식기 관리법

매일 은스푼과 나이프, 포크로 식사한다면 은이 변색될 일은 거의 없다. 그러나 은 식기를 자주 사용하지 않으면 검게 변색된다. 이때, 힘들여 닦지 않아도 변색된 부분을 복구할 수 있는 방법이 있다. 먼저 은 식기는 중성 세제를 이용해 기름기를 완전히 제거한다. 큰 냄비에 물을 끓이다가 소금 1~2큰술과 쿠킹 포일을 크게 잘라 넣는다. 물이 팔팔 끓으면 변색된 은 식기를 물에 완전히 잠기게 넣고 끓여준다. 다시 끓기 시작해서 5분 정도 지나면 원래 색으로 돌아온다.

세차 타올 사용법

안 쓰게 된 낡은 수건을 잘라 걸레로 사용하는 경우가 많은데, 우리 집에서는 버릴 수건을 눈이나 비가 올 때 현관 깔개 용으로 쓰고 있다. 대신 집 안 곳곳에 앞뒤 올의 길이가 다른 자동차 세차용 극세사 타올을 두고 전화 통화할 때 틈틈이 닦는다. 굳이 물을 묻히거나 세제를 사용하지 않아도 낡은 수건보다 먼지를 훨씬 깔끔하게 제거한다. 물 흡수력도 뛰어나 욕실이나 창문 물청소를 한 뒤의 물기 제거에도 안성맞춤이다.

앞으로의 히데코 스타일

시간이든 물건이든 요리든 자꾸 뭘 더하려 하지 말고
빼려는 연습을 해야 한다.

"내가 행복해야 아이도 행복하고
가정도 행복하다는 말은 맞는 말이에요"

**지금까지 많은 도전을 하셨는데요. 아직도 앞으로 이루고 싶은 게 있는
지 궁금합니다.**

히데코 맞아요. 저는 지금까지 하고 싶은 일에는 주저하지 않고
도전해왔어요. 원하는 것들은 대부분 이루었고요. 용기가 있다면
운은 따른다는 게 제 생각이에요. 그래서 또 꿈꾸어요. 당장은
아니지만 다른 나라에서 살아보는 것도 그 꿈 가운데 하나고요.

단기, 중기, 장기 계획의 연장선에서 보자면 단기적으로는 요
리 교실, 책 출간과 영화 촬영 같은 것이 있겠죠. 중기적으로는 다
른 나라를 오가면서 한식을 가르치고 싶어요. 물론 요리를 가르

치는 게 최종 목표는 아닙니다. 일이 재미있어서 10년 동안 고민도 없이 신나게 가르쳐왔는데, 그것보단 그로 인해 파생하는 일들이 더 좋아요. 여러 수강생을 만나고, 책도 내고, 방송 출연도 해보고요.

장기적으로는 오래오래 건강하게 살면서 지금 하는 일들을 이어가고 싶어요. 어떻게 될지 모르지만, 서로 비슷한 꿈을 가진 사람들끼리 이야기 나누다 보면 중간에 새로운 목표들이 계속 생기잖아요. 언젠가는 다양한 이야기들을 바탕으로 소설을 써보고 싶은 마음도 있고요.

자녀에 대한 생각은 어떠세요?

히데코 이제 두 아이 모두 성인이 되었는데요. 둘 다 현재는 집에 없지만, 늘 아이들을 품에서 떠나보내야 된다고 생각하고 있어요. 저는 지금이라도 떠나보낼 준비는 되어 있는데, 아직 자립하기에는 아이들 스스로 무리가 있어요. 자립이라는 것은 사는 곳부터 먹고사는 일까지 자기 힘으로 인생을 책임지고 지킬 수 있을 때 가능한데, 아직은 아이들이 준비가 안 되어 있는 것 같아요.

저는 대학교를 졸업하고부터 부모님께 한 푼도 받지 않았어요. 결혼할 때도 마찬가지고요. 그게 자연스러운 거라 아이들도 어른으로서 제 몫을 할 때까지만 곁에서 도와줄 생각이고, 다가올 삶

의 결정들은 알아서 판단하게 두려고 합니다.

　남편은 딸이 없어서 벌써부터 아이들 결혼에 굉장히 기대가 커요. 저는 옆에서 며느리는 절대 딸이 될 수 없다고 주입시키고 있지만요. 서로의 거리를 지키는 게 가장 중요할 것 같아요. 물론 먼저 찾아와서 요리든 살림이든 가르쳐 달라고 하면 물심양면 알려주겠지만, 그 이상의 간섭은 없을 거예요. 사람과 사람 사이에 바람이 지나갈 정도의 자리가 필요하다면 며느리와는 500미터 정도의 거리를 둬야 한다고 봐요.

살림과 육아에 지친 주부들도 많습니다. 그들에게 해주고 싶은 말이 있을까요?

　히데코　요즘 살림과 육아에 지쳐 우울증에 걸리는 주부들이 많아 무척 안타깝습니다. 부족하나마 그분들이 제2의 삶에 도전할 수 있도록 응원의 말을 해드리고 싶어요. 저도 처음에는 지금처럼 많은 일을 하지 않았어요. 시간 강사로 일본어를 가르쳤는데, 그게 돈이 얼마나 되겠어요. 한 달 동안 일해서 통장에 들어오는 돈은 고작해야 몇십만 원 정도가 다였고, 그나마도 전부 제 용돈으로 써버렸죠. 그때부터 단기, 중기, 장기적 목표를 잡았던 것 같아요. 구체적이진 않더라도 큼직하게 계획을 세우는 거죠.

그리고 무엇보다 지나치게 자식한테 매달리지 않았으면 좋겠어요. 자식은 내 소유물이 아니에요. 그걸 인정하면 집착하지 않게 되는데, 젊은 엄마들조차 자식을 소유물로 생각하는 경향이 있더라고요. 제가 요리 교실을 하면서 수강생들에게 꼭 당부하는 말이 있어요. 아이가 뭘 했는지, 요즘 이유식은 어떻게 만들고 있는지 하는 이야기는 꼬리에 꼬리를 물고 이어지기 때문에 수업 진행이 잘 안 될 때도 있어요. 요리를 배우러 오는 것까진 좋은데, 그 시간 동안만큼은 자기가 배우는 것에 집중했으면 좋겠어요.

자기 생활이 없다시피 하니까 앞을 내다보며 꿈을 그리기가 힘들 수 있어요. 꿈을 저 멀리로 미뤄놓고 아기가 조금 크면, 학교에 입학하면, 졸업하면, 하다 보면 나의 꿈을 이룰 시기는 놓쳐버리고 말아요. 한국에서 여자들 삶이 거의 그런 것 같아요. 아이가 생기면 그때부턴 자기를 위해 뭘 하기가 힘들어지는 거죠.

작은아이 친구 엄마의 경우에는 전업주부에 아들이 둘인데, 두 살 터울이기 때문에 첫 아이를 낳고 6년 동안은 밖에 나가서 뭘 할 수가 없었어요. 그런데도 요리 교실에 다니고 베이킹 자격증까지 땄더라고요. 시간을 짜내 자신을 성장시키려는 의지와 힘이 강했던 거예요.

물론 한국에 사는 대부분의 엄마들에게는 쉽지 않은 일이에요. 하지만 적어도 자기 꿈을 이루고 싶다면 그 꿈을 완전히 잊어버리기 전에 작게나마 하나씩 목표를 세우고 실천해갔으면 하는 바람입니다. 내가 행복해야 아이도 행복하고 가정도 행복해진다는 건 맞는 말인 것 같아요.

"살림은 뺄 건 빼고 할 것만 하자는 주의예요.
몸을 혹사시키면서까지 청소를 할 필요는 없어요"

지금이야 살림이 능숙하시지만 누구에게나 초보 시절이 있잖아요. 처음 살림을 하던 때는 어땠나요? 육아를 하던 때는요?

<u>히데코</u> 저는 결혼하기 전부터 워낙 오래 자취 생활을 해와서 청소나 빨래 같은 데는 약간의 노하우가 있었어요. 육아가 시작

되고 나서는 그 노하우들을 잘 응용하면서 합리적으로 살림하는 법을 터득했고요. 강박적으로 살림을 하는 타입은 아니에요. 뺄 건 빼고, 할 것만 하자는 주의거든요.

매일 아침 8시에 청소기를 돌린다는 수강생이 있었어요. 본인 말로는 그렇게 안 하면 하루가 시작이 안 된다고 하더라고요. 아침에 피곤하고 늘 손목이 아파도 청소 노이로제에 걸려 무조건 날마다 청소를 하는 거죠. 그런 이야기를 들으면 다른 주부들이 엄청나게 부담을 느끼더라고요. '나는 저렇게까지 못하는데, 제대로 집안일을 안 하는 거 아닌가?' 하는 불안감도 생기고요. 하지만 단언컨대 그렇게까지 몸을 혹사시켜가며 청소를 할 필요는 없습니다.

육아를 하면서 힘들었던 점을 꼽자면 끝이 없어요. 그런데 저는 아이를 낳는 것보다 키우는 게 더 힘들었어요. 일단 잠을 못 자는 것과 내 시간이 없어지는 게 가장 크고요. 원래 아이들을 좋아하던 편이 아니어서 아기를 봐도 너무 예쁘다거나 귀엽다는 생각이 들진 않아요. 물론 내 자식들은 더할 나위 없이 사랑하지만, 부모로서의 책임과 의무를 지키겠다는 생각도 강했습니다.

친정엄마가 옆에 없었기 때문에 국제 전화를 굉장히 많이 했어요. 아무래도 시어머니보다는 친정엄마에게 묻는 게 편했죠. 성향도 잘 맞았고요. 조언해줄 사람이 멀리 산다는 건 제가 감내해야 할 부분이었고, 요리를 하는 사람인지라 아이들에게 무얼 먹여야 할지 고민하는 시간이 가장 컸던 것 같아요. 요일별로 식단표를 짜는 성격이 아니라 그날그날 냉장고에 무슨 재료가 있는지 확인해서 아이들이 조금 크고는 어른과 같이 먹을 수 있는 메뉴를 만들었어요.

만나본 최고의 살림꾼은 누구인가요?

히데코 여태껏 만난 사람 중에 '내가 아는 최고의 살림꾼'이 있다면 아무래도 친정엄마가 아닐까 싶어요. 기본적인 집안 살림은 대부분 엄마한테 배우잖아요. 엄마는 자기에게 엄한 사람이었던 만큼 자신이 꾸리는 가사에도 굉장히 엄격했어요. 결벽증에 가까울 정도로 닦고 치우는 사람이라 가끔 답답할 때도 있어요. 그렇게 안 살면 더 재미있게 살 수 있을 텐데 지금도 거기서 벗어나지 못하는 걸 보면 안타깝기도 하죠.

엄마 말고는 독일에서 대학을 다닐 때 홈스테이 하던 집주인이 생각나네요. 그 아주머니는 일주일에 한 번, 금요일에 사람을 불러서 청소를 했어요. 천주교라 주말을 청결하게 보내기 위해서 자신조차 돈 받고 일하는 사람처럼 청소를 하더라고요. 특히 창문을 닦던 모습이 기억에 남아요. 장화와 고무장갑으로 무장하고 물을 뿌린 다음 물기를 제거하고 마른행주로 마무리했는데, 저도 그걸 배워서 계절마다 한 번씩 같은 방식으로 창문을 닦아요.

'살림이 주는 의미'는 무엇일까요?

히데코　원론적인 이야기로 보자면, 저에게 '살림이 주는 의미'란 간단히 말해 정신 상태와 마음을 정리하는 방법이에요. 힘들어도 누군가의 도움을 받으면 내 생활에 개입 받는 느낌이 들기도 하고요. 집이 넓은 편이고 주변에 가사 도우미를 고용하신 분들이 많아 권유를 받기도 해서 오시게 한 적도 있어요. 그랬는데 제 성격상 그분이 힘드실까 봐 차를 내드리고, 점심도 챙겨드리고, 같이 맥주도 마시고 있는 거예요, 제가. 신경 쓰지 말라고 하시는데 너

무 신경이 쓰여서 못 내버려 두는 거죠.

개입이라는 것도 내 사적인 공간을 보여주는 게 싫은 것보다 내 시간에 개입되는 게 불편해요. 우리 집에 다이아몬드가 여기 저기 놓여있는 것도 아니니까 보여드리는 건 전혀 문제가 없는데, 내 시간을 조절할 수 없는 데서 스트레스를 많이 받아요. 오늘 하려고 했던 일의 흐름이 흐트러지면 정신 상태가 안 좋아지는 거죠.

저는 살림하면서 스트레스를 받는 게 아니라 스트레스를 받으면 살림을 하는 유형의 사람이라 그게 굉장히 중요합니다.

"누구든 자기가 하고 싶은 걸 해야
행복한 거예요"

행복에 대해 이야기해주세요.

<u>히데코</u> 주변을 보면 불행은 쉽게 느끼는 데 비해 행복은 잘 느끼지 못하는 사람이 많습니다. 저는 사소한 것에도 행복을 느끼지만, 제가 좋아하고 하고 싶은 일을 할 수 있어서 출발선이 다른 사람들에게 '나는 이래서 행복합니다'라는 말을 하기가 미안해요.

다만 제가 느끼는 행복은 아주 소소합니다. 오후 수업이 없는 날, 오전 수업이 끝나면 혼자 어디든 가요. 백화점에 간다고 치면 쇼핑하는 게 아니라 지하 식품관 구경하는 게 다예요. 혼자 있는 걸 좋아해서 그렇게 외출하고 오후 5, 6시에 집에 돌아와 가만히 음악을 들으며 차 한 잔 하는 거예요. 행복이 있다면, 그런 작은 것이에요. 무엇과도 바꾸지 못하고 작은 것들.

막연한 불안감은 늘 있죠. 하지만 어렸을 때부터 외국에 나가 미지의 세계에서 살아왔기 때문에 그 불안감조차 익숙해요. 눈앞에는 아무 걱정이 없으니까 사소한 건데도 그런 시간을 가질 수 있다는 게 행복인 것 같아요.

달리 하고 싶은 게 있더라도 당장 먹고 살아야 하니까 필요에 의해 일하거나 공부하는 사람이 많을 거예요. 저도 마흔 살이 되어서야 요리 교실을 시작했는데요. 10년 전에는 음식 만드는 걸 즐겨하고, 함께 먹는 걸 좋아해도 요리 교실을 한다거나 이렇게 많은 사람에게 사랑받을 거라곤 상상도 못했죠. 그랬는데 요리로 돈도 벌고, 사회적으로 음식에 관해 발언할 수 있는 입장이 되었다는 게 요즘도 신기할 따름이에요.

스트레스 해소법은요?

<u>히데코</u> 저는 스트레스를 받으면 집안일을 하는데, 스트레스를

풀기 위해 음악 듣는 것도 좋아해요. 음악은 딱히 장르를 가리지 않아요. 둘째가 고등학생이 되면서 자기가 좋아한다며 들려준 노래들이 저와 잘 맞더라고요. 샘 스미스나 에드 시런 같은 영국 뮤지션도 좋아하고, 최근에는 20~30년 전 들었던 에어서플라이 같은 가수들의 음악을 다시 듣고 있어요. 한국 노래 가운데는 발라드를 좋아하는 편이고요. 그런데 저는 제가 뭘 하느냐에 따라 음악이 바뀌는 스타일이라 청소할 때는 클럽 음악을 틀어놓고 청소인지 춤인지 알지 못할 행동도 합니다.

나를 위한 사치라고 하면 비싼 외국 요리책을 사는 일 정도예요. 명품이나 화장품, 보석 같은 것에는 별로 관심이 없어요. 그런

데 유독 요리책은 가격도 안 보고 사요. 외국 요리책은 굉장히 두껍고, 표지도 양장으로 해서 디자인 요소를 가미하는 경우가 많아요. 저도 내년에 한국의 식재료를 이용한 일본 요리책을 외국 요리책처럼 만들어 보려고 기획하고 있습니다.

가장 큰 만족감을 느꼈던 일은 뭐였나요?

히데코 누구든 자기가 하고 싶은 일을 해야 행복한 법이죠. 저는 번역가, 기자, 일본어 강사 등 다양한 직업을 거쳐왔는데, 요리 선생을 제외하고 가장 큰 행복과 만족감을 느꼈던 직업은 신문 기자입니다. 기자를 하면서 여러 명사를 인터뷰하는 게 즐거웠어요.

저는 이야기하는 것보다 다른 사람의 이야기 듣는 것을 좋아해요. 사람에게서 다양한 이야깃거리를 긁어내는 게 무척 재미있어요. 어떨 땐 남편과 둘이 카페에 가도 저절로 옆 테이블에서 무슨 이야기를 하는지 듣고 있는 거예요. 기본적으로 사람에 대한 호기심이 강해서 인터뷰하고 기사를 쓰는 게 좋았어요.

좋은 기억은 아니지만, 기자 생활을 하면서 기억에 남는 인터뷰가 있어요. 일본 신문사에서는 인터뷰 기사가 나가기 전에 반드시 인터뷰이에게 보여주게 되어 있어요. 한번은 스페인 바르셀로나에 있을 때 젊은 설치 예술가를 인터뷰한 적이 있는데, 까다로운 스타일이라 어렵게 인터뷰를 했어요. 그런데 기사를 작성한 뒤, 그분에게 보여주지도 않고 신문에 내버린 거예요. 허락도 없이 기사가 난 걸 보고 그분이 어마어마하게 화를 냈죠. 아마 마감 시간에 맞춰야 해서 그랬던 것 같아요. 인터뷰했던 사람에 대한 예의를 안 지켰던 내가 어이없어 아직도 기억에 남아 있어요.

저를 통신원으로 파견했던 NHK의 국제부 부장님이 엄마랑 딱 한 번 통화를 하신 적이 있는데, 이렇게 말씀하셨대요. 사람 감정을 읽는 게 굉장히 빨라서 인터뷰에 재능이 있다고요. 그게 사람을 좋아하는 것에서 나오는 건지는 모르겠지만, 그 사람에게 관심이 별로 없으면 계속 질문하기 어려울 거예요. 저는 워낙 호기심이 많아서 알고 싶은 사람에 대해서는 끝도 없이 궁금한 게 떠올라요. 인터뷰어의 재능이라면 아마도 그런 것이겠죠.

성공한 삶이란 어떤 것일까요?

히데코 성공에 대한 기준은 사람마다 다르겠지만, 제 나이 정도 돼서 '성공한 삶'에 대해 생각해보니 내가 좋아하는 일을 계속하고 있는지가 행복의 척도 같아요. 저도 지금은 좋아하는 일을 하고 있지만, 성공 여부를 따지려면 조금 더 지켜봐야 할테고요. 60세 정도를 기준으로 잡고 평생 자기가 좋아하는 일을 해오면서 멋지게 늙어간다면 성공했다고 할 수 있지 않을까요?

돈이나 명예는 그렇게 살아왔을 때 저절로 따라오는 것 같아요. 제가 꿈꾸는 청사진대로의 삶을 사는 분들을 보면 저도 그렇게 되고 싶다고 바라게 됩니다. 저도 그 길을 가고 싶어서 노력하고 있어요. 분명 힘든 일도 있을 테고, 그때그때 순간적으로 용기 있게 판단해야 할 일도 많을 거예요.

앞으로 10년 동안 이상한 선택, 잘못된 선택만 안 하길 바랄 뿐입니다.

"요리하는 일은
한 번도 새롭지 않은 적이 없어요"

요리하는 일에 권태를 느끼신 적은 없나요?

히데코 무슨 일을 해도 재미가 있어야 질리거나 지치지 않잖아요. 오랫동안 요리 교실을 운영하면서 권태로움을 느낄 때도 있었는데, 그럴 땐 이상하게 변화가 찾아오더라고요. 아무래도 요리를 일로 하다 보니까 지치기도 해서 저는 3년 주기로 변화를 줬어요. 처음 시작할 때는 일주일에 한두 번, 친구들끼리 모여서 요리를 배우다가 소개를 통해 조금씩 늘어나던 게 10년 전에 본격적으로 요리 교실이 문을 연 거죠. 처음 3년이 지나고 권태를 느낄 즈음에 다양한 사람을 만나 여러 이야기가 생겨났고, 그 이야기가 책으로까지 나오면서 권태기를 넘겼던 것 같아요.

그 권태기라는 게 요리 자체에 대한 권태가 아니라 요리 교실 운영에 대한 권태였어요. 요리는 계속 먹고 싶은 게 있고, 새로운 식재료를 만나 이것저것 시도해 보는 걸 좋아했어요. 그래서 요리 하는 건 싫어지지 않았는데, 운영한다는 게 나와 너무 맞지 않아서 농담 반 진담 반으로 요리 교실 그만해야겠다는 말도 많이 했었죠. 요리 교실이 6년째 되던 해에는 아래층 친구들이 이사를 가서 요리 교실을 1층으로 분리하기로 결정했고요. 9년째 되던 작년에는 마침 돈의문에 키친 레브쿠헨을 하게 돼서 권태를 느낄 새가 없었어요.

요리에 대한 권태기는 없어도 같은 요리를 반복하다 보면 지겹게 느껴질 때가 있긴 있어요. 그럴 때는 수업 내용을 바꿨어요.

한번은 수강생이 선생님 요리는 다 좋은데 절대 혼자서는 안 먹는 음식이라고 하더라고요. 그 이야기를 몇 번 듣다 보니까 수강생들이 집에 돌아가 직접 해봐야 좋겠다 싶은 생각에 요리를 간편화해서 혼밥혼술반을 만들었어요. 그랬는데 마침 혼밥혼술이 트렌드가 되더라고요. 지금은 예비 독거인 남자반도 하고 있는데, 내년쯤에는 붐이 일지 않을까 싶어요.

9월은 베트남, 10월은 타이, 이런 식으로 동남아 요리를 넣기도 했어요. 예를 들어 같은 일본요리라도 계절별 채소에 맞춘 요리, 도시락반, 수업반 이런 식으로 달마다 테마를 바꾸려고 해요. 요새는 오히려 자주 바꾸니까 당황스러워하는 분들도 있는데, 무엇보다 내가 즐거워야 배우는 수강생들도 재미있기 때문에 시간표를 짤 때 나부터 싫증이 나지 않게끔 6개월마다 변화를 주려고 해요.

미각 교육에 대한 생각은요?

<u>히데코</u> 일본에서는 식육食育을 중요하게 생각한다는 칼럼을 쓴 적이 있어요. 일본은 어린이집이나 학교에서 아주 민감하게 알레

르기 대책을 세워 대처하고 있죠. 저는 영양학을 전공한 사람이 아니라 알레르기 대책은 전문가가 발언해야 해요. 식육에 관한 이야기는 사실 활동을 좀 해보려고 푸드 담당 기자와 지난여름에 이야기했는데, 기회가 된다면 '미각 교육'을 하고 싶어요.

미각은 5세에서 12세에 형성되기 때문에 미각 교육은 가정과 초등학교에서밖에 할 수 없어요. 그때 사람의 입맛이 결정됩니다. 프랑스에 미각협회가 있는데, 한국에서 그 협회를 들여올까 하는 사람이 있어요. 저는 자문 쪽으로 참여하면 어떨까 생각해 봤고요.

한국에는 밥상머리 교육이라는 게 있는데 미각 교육은 그것과는 좀 달라요. 프랑스의 미각 교육은 예절이 아니라 '혀'에 대한 교육입니다. 일본에는 그 협회가 있어요. 각각의 식재료가 가진 고유한 맛을 가르치고, 조리 방법에 따라 달라지는 식감과 맛 또한 가르치는데 그런 교육을 어렸을 때부터 자연스럽게 노는 감각으로 익히는 거예요. 다 커서 인스턴트 음식이나 배달 음식을 덜 먹는 것도 중요하겠지만, 그것보다 어릴 적 제대로 된 맛을 알고 분별하는 감각을 배우는 게 훨씬 중요합니다.

아직 소화하지 못한 요리가 있나요?

히데코 웬만한 요리는 소화한다고 자부하는 저이지만, 아직도 내 것으로 만들지 못한 것이 있어요. 프랑스에 '퐁 뒤 보Fond du veau'라는 건데요. 쉽게 말하면 소고기 육수 같은 거예요. 데미글라스 소스나 하이라이스의 베이스가 되는 거죠. 채소도 굽고 몇 시간씩 끓여야 하는데 아직 마음에 들 만큼 맛이 제대로 나지 않아요. 지난번에 수업이 있어서 만들어봤는데 안 되겠더라고요. 서양요리든 아시아요리든 육수stock는 모든 요리의 기본이라 기회가 있을 때마다 만들어보고 있어요.

> "나답게 산다는 건 끊임없는 싸움이고 훈련이에요,
> 그래서 쉽게 얻을 수 없지만 귀한 것이고요"

나답게 산다는 건 뭘까요?

히데코 나이를 한 살 한 살 먹어가면서 치열하게 살기보다 나답게 사는 것에 대해 고민하는 사람들이 늘어나죠. 남이 뭘 어떻게 생각하고 있는지 신경을 끊어야 하는데, 한국 사회에서는 혼자인 시간을 보낼 기회가 없는 것 같아요. 주말이면 모여서 산도 가고 술도 마시고. 워낙 한국 사람들이 함께하는 걸 좋아해서 자꾸 타인의 온기를 찾는 것 같아요. 일단 그렇게 남들과 자주 부대끼는 상황에서는 나답게 살기가 쉽지 않죠. 하지만 내가 혼자 지내는 시간이 많아져야 뭘 하고 싶은지가 보여요.

또 하나는 한국 사람들이 타인의 시선에서 자유롭지 못하잖아요. 요즘에는 많이 바뀌었지만, 아직도 종종 대학교 다니는 젊은 친구 중에 혼자 학교 식당에서 밥 먹는 걸 힘들어하는 이들이 있어요. 항상 다른 사람과의 관계를 유지해야 하고, 혼자 있기를 겁내고, 남들이 어떻게 볼까 걱정돼서 더 혼자 못 있는 거예요.

방법은 하나밖에 없어요. 다른 사람들을 바꿀 수는 없으니까 자기 자신과 싸워야 해요. 사람들과 좀 떨어져서 자기만의 세계를 만들어야죠. 의무적으로 나가던 모임도 끊어보고, 혼자 책도 보고 영화도 보면서 혼자 살아보는 게 어떤 건지 경험했으면 좋겠어요.

나아가 타인과 거리를 두는 것만큼 나와도 거리를 두고 나를 바라보는 시간이 필요할 것 같아요.

히데코 스타일의 특징, 톤은 뭘까요?

히데코 나답게 사는 데는 성격 말고도 스타일이 중요한데, 예전에는 저를 연희동의 킨포크 스타일이라고 불러주던 분들도 있었어요. 사실 저는 귀찮아서 대충 한다고 생각했는데, 남들 눈에는 스타일리시하게 보였나 봐요. 아마도 그게 제 스타일인 거겠죠. 음식에 관해서는 예쁘게 플레이팅하는 것보다 제대로 플레이팅 하는 걸 선호해요. 가령 젓가락을 사용하는 건 같지만, 한국요리는 젓가락을 세로로 놓고 일본요리는 젓가락을 가로로 놓아요. 저는 음식은 문화라고 생각해서 이런 건 꼭 같이 가야 한다고 고집합니다.

인테리어 쪽으로 가면 심플하고 밝은 톤을 좋아해요. 그래서 벽지처럼 큰 비중을 차지하는 부분은 화이트나 베이지처럼 베이직한 색으로 맞추고, 가구로 포인트를 줘요. 가구는 누구든 언제라도 쓸 수 있는 것을 사려고 하고요. 스트레스를 발산하는 방법 가운데 하나가 인테리어인데, 배치를 자주 바꿔요. 피아노도 혼자 옮기는 사람이라 집 내부는 자주 바뀌어요.

또 다른 저의 톤이라면, 솔직함 같아요. 칭찬은 남발하진 않고요. 칭찬은 타인의 장점을 잘 찾아내는 능력이면서 당사자에게는 나답게 살 수 있도록 북돋아 주는 힘이기도 하잖아요. 저는 수강생 중에 잘하는 분이 있어도 대놓고 말로 칭찬하는 편은 아니에요. 저희 부모님도 그렇고 저도 칭찬을 많이 하지는 않았어요. 사실 칭찬을 많이 받으면 그걸로 남들한테 인정받을 수 있겠다는 확신을 가질 수 있는데, 저는 조금 박했던 게 아닌가 후회하고 있어요. 잘한 것에 대해서는 분명히 잘했다고 말해주지만, 과하게 치켜세워주진 않습니다. 다만 제가 봤을 때, 정말 그 사람이 하는 일에 싹이 보이면 더 잘하게끔 유도는 하고 있어요. 요리 교실이라면 칭찬보단 기회를 더 주는 간접적인 방식으로요.

생활신조는 무엇인가요? 매일, 매달, 매년 다짐하는 것이 있다면요?

히데코 생활신조라고 하면 다른 건 없어요. 무조건 건강이에요. 저뿐만 아니라 가족, 요리 교실 수강생, 그 외에도 아는 모든 분들이 건강하길 바라요. 예전에 알고 지내던 분 중에 유복한 집에서 태어나 스위스의 요리학교를 나와 빵을 굽던 분이 계셨어요. 어느 날 신경계에 이상이 생겨 검사해보니 몸이 계속 마르는 난치병이었어요. 종종 SNS에 근황을 올리시는데, 가끔 그분이 생각나도 연락하기가 두렵더라고요. 혹시나 답이 안 올까 봐요.

저는 1년에 한 번 꼬박꼬박 건강 검진을 하고, 침도 맞고, 마사

지도 받는 등 건강에 투자를 많이 하는데, 자세 교정 겸 배운 요가가 저한테는 딱 맞더라고요. 4월부터 근육 운동을 했더니 자세가 좋아져서 허리가 안 아파요. 서 있을 때 자세의 문제점을 알게 되니까 절로 자세가 좋아지더라고요. 이제는 건강도 만들어가야 할 때니까 내 몸에 대해 예민하게 신경 쓰려고 합니다.

건강은 정신과 몸을 가꾸는 행위이고, 이건 결국 자신의 삶을 돌보겠다는 다짐이라고 생각해요. 인생은 누구에게나 한 번이고요. 가장 공평하게 부여된 시간을 어떻게 쓰느냐는 나 자신의 마음에 달려있잖아요. 자기의 몸을, 영혼을, 인생을 아끼지 말고 재미있게 요긴하게 이용했으면 좋겠어요. 즐기는 건 다른 게 아니던데요?

그동안 손길이 닿지 못했던 부분을 살펴 가며
하루를 온통 정리하는 데 보내면
어딘지 모르게 답답했던 마음도, 안 풀리는 것 같던 인생도
한 방에 정리되는 기분이다.

구르메 레브쿠헨은 단순한 요리 교실이 아니라
이야기가 만들어지는 장이다.
각양각색의 사람이 모여 음식을 만들고 맛보고
이야기 나누며 어떤 경험을 몸에 새기게 될까.

히데코가 물건을 구입하는 곳들

마르쉐 www.marcheat.net

무인양품 www.mujikorea.net

사러가 쇼핑 센터(연희점) 02-334-2428

소금집델리 www.salthousekorea.com 02-336-2617

연희와인 02-336-0977

우보농장 031-969-7885

은곡도마 www.eungokdoma.com 02-424-6634

키친툴 www.kitchen-tool.co.kr

폴앤폴리나(연희점) 02-333-0185

플레잉키친 www.playingkitchen.co.kr 031-814-3601

한살림(연희점) 02-305-5900

헤이데이 instagram@heyday_cake 0507-1332-7474

구르메 레브쿠헨 www.lebkuchen.kr